그대에게 가는 먼 길

1부

이종철 철학소설

그대에게
가는
먼 길 1부

격동의 한국 사회를 배경으로 쓴 자전적 소설

대양미디어

작가의 변

　『그대에게 가는 먼 길』이란 책은 내가 처음 써 본 소설이다. 이 소설은 격동의 한국 사회를 배경으로 쓴 자전적 소설이다. 이 소설은 2부작으로 이루어져 있는데, 1부는 1970년대 말부터 1990년대 중반까지이고, 2부는 1990년대 후반부부터 2020년대 전반부에 걸쳐 있다.

　필자가 이 소설을 쓴 이유는 몇 가지가 있다. 하나는 이 시대를 치열하게 겪은 한 개인의 사적인 삶을 정리하는 것이고, 두 번째는 민주화와 산업화를 동시에 이룩한 한국 사회의 현실을 철학적으로 반성해 보려는 것이다. 언제부터인지 모르지만, 필자는 나 자신의 삶을 주변부 인생marginal man으로 규정하곤 했다. 나는 상고를 나와 법대에 진학했지만, 그것은 내가 향학열이 높아서 그런 것이 아니라 몸이 불편해서 은행이나 기업체에 입사할 수 없었기 때문이다. 무슨 오기가 있었는지 나는 유신 독재 시절에 대학을 보낼 때 법대생으로서 사법고시 1차 시험 한 번 보지 않았다. 법대를 졸업하고 철학과 대학원에 진학을 해서 박사 종합시험까지 통과했지만, 나는 대학을 떠나 거친 사회에서 10년을 보냈다. 남들은 유학을 가거나 학위 논문 쓰느라고 매진할 때 나는 일반적인 연구자들이 경험하기 어려운 사회 경험을 많이 했다. 나중에 회사가 부도나서 실업자 생활을 할 때 유학을 다녀온 후배들과 다시 만나면서 대학으로 복귀할 기회를 가졌다. 뒤늦게 학위 논문을 썼지만, 그 후 나의 삶은 학생들을 가르치면서도 선생으로서의 정체성을 갖기 힘든 시간 강사로 점철되었다. 그런 삶이 싫어서 몽골의 울란바토르에 한국인이 세운 대학으로 자리를 옮겼다가 생각보다 너무나 열악한 환경 때문에 1년 만에 다시 한국의 대학으로 복귀했다. 모 대학의 초빙교수로 정년퇴직을 한 다음에는 비로소 프리랜서 작가로서 자유롭게 활동을 해오고 있다. 이런 나의 삶을 '주변부 인생'이란 말 외에 달리 표현할 길이 없다. 때문에 나는 중심을 해체시키려 하고, 기성에 대해 비판과 부정으로 대하는 것이 체질화되었다. 임제 선사의 "부처를 보면 부처를 죽이고, 조사를 보면 조사를 죽여라."라는 말은 나의 삶과 정신을 이끄는 길잡이와도 같다.

다들 알고 있듯, 한국의 1970년대에서 1980년대에 이르는 시기에 한국인들은 유신 독재와 광주 항쟁, 민주화 투쟁과 1987년의 민주주의의 쟁취 등으로 점철된 고통스럽고 의미 있는 역사적 경험을 겪었다. 동시에 이 시기는 사회과학의 전성기이자 온갖 이론과 사상이 난무하던 지적 르네상스의 시기이기도 했다. 물론 특정한 세계관과 사상이 지배적이기는 했지만, 이 시대는 그것들을 수동적으로 받아들이는 이상으로 한국 사회의 변혁 운동과 맞물려 상호 피드백하면서 백가쟁명의 절정을 이루었다. 필자는 이 시기를 프랑스의 6·8 혁명 못지않은 시대라고 생각하고 있다. 그런데 프랑스인들은 6·8 혁명을 겪으면서 자신들의 이론과 사상을 정립해서 세계인들에게 내보였던 반면, 한국인들은 그런 귀중한 역사적 체험을 그저 그런 과거의 기억으로만 간직하고 있을 뿐이다. 그런 의미에서 필자는 우리가 겪은 이 시대의 체험을 철학적으로 반성하고 의미화하고 싶은 욕구를 소설의 형식을 빌려 표현해 본 것이다.

　필자의 본업은 철학이고 그중에서도 서양철학이자 독일 근대철학이다. 이런 철학자가 소설을 쓴다는 것이 한국 사회에는 다소 생소해 보이지만, 프랑스 철학에서는 그다지 낯설지 않다. 사르트르의 경우는 철학자로서 많이 알려져 있는데, 사실 그는 소설도 꽤 썼다. 나중에 사르트르는 노벨 문학상의 수상자로 지명됐지만, 자신의 철학적 신념을 지키고자 그 상을 거부했다. 포스트모던 사상이 주류가 됨에 따라 전문 영역을 넘어 새로운 글쓰기 실험도 이루어지고 영역들 간에 소통도 자연스럽다. 10여 년 전 영화로도 나온 『리스본행 야간열차』의 작가인 파스칼 메르시어의 본명은 피터 비에리Peter Bieri인데, 그는 하이델베르크 대학 철학부 출신으로 독일의 여러 대학에서 강의를 한 철학 교수이다. 한국에서도 찾아보면 없지는 않다. 경성대 철학과의 김재기 선생이 2002년에 장편 『알라 하임』을 쓴 적이 있다. 아무튼, 지금의 시대는 전통적인 영역을 벗어나는 일이 시대적 트렌드가 되고 있다고도 할 수 있을 것이다. 필자는 몇 년 전부터 일상을 소재로 쉬운 일상어를 가지고 자신만의 철학을 담을 수 있는 '에세이철학'에 심취해왔다. 거의 매일같이 쓰는 철학 평론을 페이스북과 네이버의 프리미엄 서비스나 브런치 스토리 같은 곳에 올리다 보니 동서와 고금을 넘나들고 전문 영역을 넘어서는 경험을 어렵지 않게 할 수 있었다. 이 과정에서 문체도 자연스럽게 학자들의 논문 형식의 문체와 에세이 성격의 문체를 자유롭게 구가할 수 있게 되었다. 이 소설은 그런 실험적 글쓰기의 연장 속에 있다고 할 것이다.

필자는 이 소설의 형식을 통해 본업인 철학에 대해 반성하는 경험을 많이 했다. 내 생각에 철학자가 소설가들에게 배워야 할 것이 하나 있다. 철학자들은 허구한 날 남의 철학이나 사상을 끌어들여 해석하고 해설하는 일에 평생을 보내는 데 비해 삼류 소설가라 해도 그들은 언제나 자신의 체험과 생각을 자신의 언어로 표현하려고 한다. 물론 철학자들은 개념화된 사유를 하기 때문에 주관적 언어를 쓰기 어려운 면이 있지만, 한국의 철학자들은 그 정도가 심해서 남의 언어와 남의 철학을 가져오지 못하면 사유를 하지 못할 정도다. 때문에 그들이 안고 있는 고질적인 문제는 자신들의 시대 경험을 바탕으로 자신들의 철학을 구성하기보다는 여전히 바깥의 수입 철학에 의존하고 2천 년도 넘은 공맹과 노장사상을 주석하는 수준에 머물러 있는 데 있다. 이런 지적 식민성과 사대주의가 한국의 지성계를 지배하고 있기 때문에 자신들이 겪은 위대한 경험을 과거로 묻어 버린 채 그저 바깥에서 들어온 새로운 이론과 사상 혹은 오래된 사상에 목을 매달고 있을 뿐이다. 『조선 사상사』를 쓴 교토대 철학과 교수 오구라 기조의 말에 의하면 한국인들은 외래 사상을 자기 것으로 소화해서 재구성하기보다는 끊임없이 새로운 것으로 바꿔치기하는 전면적 개변改變에만 의존하는 성향이 강하다. 한 사상이 물밀듯 들어와서 한 시대를 지배하다가 시효가 되어 사라지면 다른 사상이 그 자리를 대체하는 것이 개변의 일반적 형태이다. 과거 불교와 유교가 그랬고, 근대에 들어서는 유교와 마르크스주의와 포스트모더니즘 등이 그랬다. 손바닥 뒤집듯 일어나는 개변의 가장 큰 단점은 사상의 축적이 이루어지지 못하는 데 있다. 외래 사상만을 끊임없이 찾다 보니까 그런 사상의 축적이 이루어지기 힘들고, 더욱이 자신의 사상을 정립하는 데도 큰 어려움을 겪을 수 있다. 이는 오늘날 한국철학계가 부닥친 커다란 딜레마의 진실이라 할 수 있다. 하지만 이런 생각과 틀을 바꿔야 되지 않을까라는 것이 필자가 이 소설을 쓰게 된 동기다. 무엇보다 자신들의 시대 체험과 생각, 자신들의 언어를 살려서 자신들의 철학을 정립해 보자는 것이다.

이 소설은 격동의 한국 사회를 한 개인의 지적 모험을 통해 재구성해 보자는 데 있지만, 사실 이런 시도는 잘못하면 죽도 밥도 되지 못할 수 있다. 다시 말해 필자의 시도는 철학적 소설을 겨냥했지만, 철학도 되지 못하고 소설이라는 면에서도 실패할 수 있다. 최대한 이러한 실패를 피하려고 했지만, 그 판단은 필자의 손을 떠나 읽는 독자들이 내릴 것이다. 하지만 최소한 문제의식에 대한 공유를 통해 우리 철학을 정립하는데 하나의 초석이 될 수 있다면 그것만으로도 의미 있는 작업이라 생각한다.

파주의 우거에서
2025년 3월

차례

그대에게 가는 먼 길 1부

다시 찾은 길

사위는 아직 컴컴했다. 대학 앞 버스 정류장에서 내린 시각은 5시 45분이다. 개강을 막 시작한 3월 초니까 겨울의 추위가 아직 가시지 않은 상태다. 나는 외투 깃을 약간 올리고 천천히 정문 쪽으로 걸었다. 정류장에서 대학 정문은 엎어지면 코가 닿을 거리다. 희뿌연 등이 정문에 밝혀져 있고, 그 옆 수위실도 불이 밝혀 있다. 내가 타려는 학교 버스는 아직 도착하지 않았고 사람들도 별로 눈에 보이지 않았다. 지방 소도시의 분교로 출퇴근하는 교원들을 실어 나르는 버스는 정확히 6시 5분 전에 도착한다.

나는 늘 그렇듯이 담배를 꺼내 물었다. 일회용 라이터로 불을 붙인 다음 한 모금 들이켰다. 차가운 새벽 공기를 타고 담배 연기가 목젖을 파고들어 왔다. 순간 아직 잠에서 덜 깬 몸처럼 목젖이 따갑다는 느낌이 들었다. 아마도 이런 짜릿하면서도 약간은 고통스러운 쾌감 때문에 담배를 끊지 못하나 보다. 버스를 탈 시간이 되어 가자 주변에 사람들이 몰려들기 시작했다. 얼굴이 익숙한 후배 하나가 인사를 건넸지만 다들 낯이 익지 않은 사람들이다. 이 가운데는 원주에 전임으로 자리를 잡고 있으면서 출퇴근을 하는 사람들도 있지만, 대부분은 시간강사들이다. 나도 그런 자격으로 오늘 이 버스를 타는 것이다.

6시 정각이 되자 버스가 출발한다. 버스는 정문에서 신촌 로터리 쪽으로 난 도로를 타고 나가다가 로터리를 돌아 서강대 쪽으로 향한다. 서강대를 지나서 마포대교를 향해 꺾자마자 우체국 앞에서 대기하고 있는 사람들을 태운 다음 바로 강변도로로 진입한다. 이때쯤이면 먼동이 트기 시작한다. 어둠이 걷히면서 한강 변 양쪽으로 빌딩들이 뿌연 형체를 드러내고, 강변을 따라 차들이 바쁘게 달리고 있다. 내가 탄 버스도 그 대열에 휩쓸려 들어가고 있다. 거대한 자동차 물결에 휩쓸려 내 몸도 함께 달리고 있다. 버스가 한강 다리를 달릴 즈음에는 이미 해가 떠올라서 강변의 빌딩들이 더욱 또렷하게 눈에 들어왔다.

아침 햇살은 참으로 신기한 느낌을 줄 때가 있다. 아무것도 존재하지 않았던 것들이 햇살을 받아서 위용을 드러낼 때는 마치 새로운 존재들이 탄생하는 느낌마저 들었다. 그런 생각들이 일어나자 순간 지금의 내 삶도 어둠을 뚫고서 새로운 공간 속으로 태어나는 느낌이 들었다. 어둠 속의 저편과 밝은 햇볕 속에 드러난 이편의 차이는 빛과 어둠의 차이만큼이나 컸다. 지난 10년 동안 나는 어디에 있었나? 지금 나는 다시 어디로 가고 있는가? 왜 나는 남들처럼 한곳에 머무르지 않고, 하나만 열심히 파지 않았는가? 왜 나는 끊임없이 방황을 하는가? 방랑은 나의 정체성을 형성하고, 방랑자가 나의 참모습인가?

내가 한곳에 머물지 못하리라는 운명을 나는 일찍부터 가졌다. 내가 중학교 2학년 당시였을 것이다. 그때 사주 관상을 본다고 하던 엄마의 친구가 우리 집에 들른 적이 있었다. 그 아주머니가 내 사주를 보면서 하던 말이 지금도 잊히지 않는다.

"큰 별이 두 개가 있어. 그런데 이 아이는 어느 별에도 속하지 않아. 아마도 이 아이 사주는 떠도는 사주일 듯해."

나는 그 당시 그 말의 의미를 정확히 이해하지는 못했다. 그래도 그 말은 나의 뇌리에 깊이 박혔다. 그 아주머니의 말과 달리 중고등학교 시절 나는 숙맥에다가 범생이나 다름없었다. 집과 학교, 그리고 기껏 해야 동네 친구들과 어울리는 것이 나의 삶이었다. 나는 불편한 몸 탓에 친구들과 함께 가는 소풍을 거의 가본 적이 없고, 중학교를 들어갈 때까지 버스를 타본 적도 거의 없었다. 그런 내가 끊임없이 이곳저곳을 떠도는 방랑자라니, 남들은 물론 나 자신도 그 말을 이해하기 힘들었다.

차 안의 사람들은 대부분 전날 자지 못한 잠을 보충하고 있는 듯 조용했다. 간혹 오전 강의를 준비하는 듯 책장을 넘기는 소리가 부스럭거렸다. 차는 이미 중부고속도로를 빠져나와서 영동고속도로로 들어섰다. 해는 벌써 중천에 떠 있고, 창밖의 고속도로 풍경이 빠른 속도로 다가왔다가 사라진다. 무료하게 그런 모습을 보다가 이내 나도 첫 교시 수업에 생각이 미쳤다.

첫 교시는 내 전공과 관련된 독일관념론의 칸트 철학이다. 서울에서 강의를 할 때는 대부분 교양강의에 머무는 경우가 많지만 지방 소도시에서 강의하는 이 수업은 전공 강의이다. 교양강의는 강의 준비는 쉬워도 막상 강의를 할 때는 그렇지가 않다. 학생들 전공 분포도 다양하고, 이해 수준도 편차가 크기 때문에 어디에 초점을 맞춰야 하는가가 늘 신경이 쓰인다. 반면 전공 강의는 강의를 준비하는 데 시간이 많이 걸려도 수업 자체의 집중도가 높고 학생들의 수업 열의도 크기 때문에 강의 자체가 즐거운 경우가 많다. 그만큼 학생들과의 유대도 많다. 강의는 각기 장단점이 있다. 교양 인문 강의를 하다 보면 단순히 글쓰기 강좌에서부터 '논증과 비판' 같은 토론 수업, 문화 현상들에 관한 수업, 환경과 4차 산업 혁명 등 다양한 주제들을 섭렵해서 그야말로 백과사전적 지식을 준비해야 하는 경우가 있다. 이런 지식이 전혀 필요 없다고는 할 수 없지만, 대부분 소모품 형태로 강의가 이루어지기 때문에 한 학기가 끝나면 그대로 잊히는 경우도 많다.

반면 전공 강의는 심화 학습을 할 수 있고, 논문과 연계시켜 원전 강독을 병행할 수도 있다. 소수의 학생을 대상으로 하기 때문에 생산적인 토론을 할 수도 있고, 수업의 영향과 효과를 확인할 수가 있어서 좋다. 지난 첫 시간은 오리엔테이션을 겸해서 독일관념론의 역사에 대해 간략하게 강의했다. 학기 초라 그런지 다들 또랑또랑한 눈망울을 굴리면서 집중력을 높이고 있다.

독일관념론의 전체적인 흐름을 잡기 위해 내가 질문을 먼저 했다.

"칸트의 『순수이성비판』이 출간된 해가 언제이지요?"

학생들은 약간 당혹스러운 듯 눈동자만 굴린다. 그런데 뒷자리에 앉은 한 학생이 손을 번쩍 들고 답한다.

"1781년이요."

바로 맞혔다. 약간 나이가 들어 보이는 이 학생은 이미 칸트 책을 읽어보고 들어온 것 같았다.

내가 다시 물었다.

"그러면 헤겔의 『법철학』이 나온 해는요?"

그랬더니 이번에는 다른 학생이 구글을 검색했는지, "1821년이요."라고 답한다.

"예, 맞습니다. 우리가 보통 '독일관념론'이라고 한다면 칸트의 주저인 『순수이성비판』이 출간된 1781년으로부터 헤겔의 『법철학』이 출간된 1821년까지 40년간을 지칭합니다. 한 세대하고 1/3을 약간 넘는 이 짧은 기간 동안 칸트-피히테-셸링-헤겔로 이어지는 독일 관념 철학의 전성기가 전개되었지요. 역사적으로 이렇게 짧은 시간에 기라성 같은 천재 사상가들이 등장한 것은 서양철학의 경우 소크라테스-플라톤-아리스토텔레스에 이어지는 시기나 근대에 들어 데카르트 이후의 합리론자들과 경험론자들의 철학이 박진감 있게 전개된 것에 버금할 것이지요."

"여러분들, 혹시 프랑스 혁명이 일어난 해가 언제인지는 아나요?"

학생들이 철학 수업 시간에 생뚱맞게 연도 알아맞히기 게임하는 것 아닌가라는 표정을 짓고 있다.

이 문제는 비교적 잘 알려진 사건이라 바로 답변이 나온다.

"1789년이요."

"그러면 영국의 산업 혁명이 일어난 해를 어디에 두고 있는가요?"

이 문제는 다소 애매한지 학생들은 서로 얼굴만 바라본다.

이러한 숫자는 강렬한 의미를 줄 수 있고, 상징적 효과도 크다. 기억하기도 좋다.

일반적으로 영국의 산업 혁명은 제임스 와트가 증기 기관을 발명한 1760년을 꼽는 경우가 많다. 이때부터 영국은 생산력의 비약적인 발전으로 인해 서구의 다른 어떤 국가들보다 빠르게 자본주의에 진입한다.

대충 여기 나온 숫자들 만으로 17~8세기 당대 유럽의 상황을 이해할 수 있다. 1760년의 영국은 경제 혁명이 시작되는 해이고, 1789년 프랑스 혁명은 부르주아의 정치 혁명이 시작된 해이다. 1781년과 1821년은 칸트와 헤겔의 대표적인 저작인 『순수이성비판』과 『법철학 강의』가 출간된 해이다. 독일은 이웃 국가들의 정치와 경제와 같은 현실적 혁명을 구경하고 열광했을 뿐 자신들이 이런 혁명을 이룩하지는 못했다. 대신 이 시대 독일에서는 칸트에서 헤겔에 이르는 독일관념론이 완성되고, 괴테와 쉴러와 같은 대문호들이 활약하고, 모차르트와 베토벤같이 기라성 같은 음악가들이 등장했다. 한 세기에 한 명 나오기도 힘든 데 40년 정도 안 되는 짧은 시기에 이런 천재들이 한꺼번에 등장하는 것은 아주 이례적인 일이다. 때문에 후대의 사가들은 이를 독일인이 이룩한 '정신혁명'이라고 기술한다.

첫 시간을 비교적 무난하게 끝내고 나서 다시 강사실로 돌아왔다. 그곳에는 이미 강의를 끝낸 후배 학자들 몇몇의 얼굴이 보인다. 오래전부터 알고 있었지만 한동안 만나지 못했던 반가운 얼굴들이다.

"형! 점심 먹으러 가자."

오랜만에 들어보는 반가운 호칭이다. 사회에서는 항상 그 사람의 명함에 적힌 직급이나 성을 가지고 부른다. 하지만 대학은 그냥 형 동생이나 선 후배로 지칭한다.

"그래, 오랜만에 함께 식사하자."

그 사이 바로 2명이 더 붙어서 4명이 함께 식사하러 밖을 나섰다. 따로 교수 식당이 없는 이곳에서 점심때 학생들 틈에 끼여 혼자 밥을 먹는다는 것은 고역이다. 우리는 한 후배의 차를 타고 대학 바깥에 있는 식당으로 향했다. 이곳 소도시는 시내를 벗어나면 다 촌이고, 한가롭다. 곳곳에 맛있는 음식점들도 많아서 맛집 여행하듯 찾아다닐 수 있어서 좋다. 다들 새벽같이 나와서 이때쯤이면 약간 허기가 들 때도 있다. 아직 추위가 가시지 않은 상태라 날씨가 쌀쌀했다. 우리는 추어탕이 어떤가라는 말에 이구동성으로 좋다고 했다. 마침 대학에서 몇 킬로 떨어지지 않은 곳에 추어탕을 잘한다는 집이 있어서 그리로 갔다.

학자들끼리 식사를 하다 보니 많은 경우 이야기 주제도 학사와 관련된 이야기가 많이 나온다.

"형! 지난달 〈학술 진흥 재단〉의 연구 프로젝트 신청했어요?"

"그래, 목구멍이 포도청이다 보니 나도 억지로 하나 신청했어."

"요즘은 그것도 신청자가 많아서 경쟁이 심하다고 해요."

그래서 그런지 3월 말이 되면 전국 대학의 수많은 강사가 이 프로젝트 신청하느라 정신이 없다. 오래전 대학 다닐 때 내가 다니던 대학에서 멀리 떨어지지 않은 곳에 역이 하나 있고, 그 앞쪽으로 이른바 방석집들이 많이 있었다. 그런데 등록금 철이 되면 주방 아줌마들도 화장 이쁘게 하고 손님 받느라 바쁘다는 이야기가 있었다. 학술진흥재단의 연구 프로젝트 신청이 공지되면 한국의 대학가들 역시 그와 비슷한 형국이다. 이 프로젝트라도 따야 그나마 쥐꼬리 같은 강사료를 벌충할 수 있고 품위 유지를 할 수가 있기 때문이다.

점심을 마치자 바로 오후 수업에 들어가는 강사들도 있지만, 나처럼 오전 수업만 마친 강사들도 있다. 휴게실은 강사들을 위해 대학에서 배려한 공간이다. 이곳에서 강의 준비를 할 수 있고, 프린터와 인터넷도 활용할 수 있다. 봉지 커피나 각종 1회용 차들도 구비되어 있어서 강의 중간에 마실 수 있어서 좋다. 사실 모교의 강사들이기 때문에 이런 배려를 해주지만, 출강하는 대부분의 대학들에는 이런 서비스가 거의 없다. 그래서 교정에 차를 세워 놓고 강의 준비를 하는 경우도 드물지 않다.

나는 특별히 할 일이 없어서 4시 반에 서울 본교로 버스가 출발할 때까지 소파에서 쉰다. 아무것도 하지 않고 그냥 이렇게 누워 있는 것이 참으로 편안한 기분이다. 이럴 때는 이상하게 내 생각이 과거로 돌아간다. 내가 대학에 들어온 지 벌써 30년 가까이 흘렀다. 그사이 나는 주체할 수 없는 호기심과 모험심, 도전 의식 등으로 좌충우돌 많이 헤매고 다녔다. 내가 법대를 졸업한 다음에 철학과 대학원에 진학을 한 것도 아마 이런 지적 호기심의 연장 때문이었을 것이다. 그 당시 나는 법학이 주는 미래의 안정에 대해서는 거의 관심이 없었다. 법학은 자유분망하고 비판적인 나의 사고를 담기에는 너무나 고루한 느낌이 들었다. 대학 4년 동안 지녀왔던 이런 나의 생각에 약간의 균열이 생기기 시작했다. 나의 인생에도 하나의 전기가 된 10·26 사태가 발생한 것은 1979년 가을이었다.

서울의 봄

　박정희 대통령의 장기 집권과 유신 독재에 다들 염증을 내기 시작했다. TV에서 늘 반복하는 대통령의 뻔한 시정 연설이 나오면 사람들은 대부분 채널을 돌려 버렸다. 1979년 10월 박 정권의 독재에 저항하는 반정부 시위가 지방에서 격렬하게 일어났다. 그전에 동일방직 사건이 있었고, 8월에는 YH 무역의 여공들 190여 명이 신민 당사로 진입한 사건 등으로 여야가 날카롭게 대치했었다. 그럴 때 부산에서 대거 학생들이 유신 독재 반대 명분으로 들고 일어난 시위가 이웃 도시 마산으로 번지고 있었다. 10월 26일 궁정동 안가에서 대통령 박정희와 안기부장 김재규 그리고 경호실장 차지철 등이 모인 것은 부산 데모에 대처하기 위한 회의 때문이었다. 김재규는 이미 마음을 굳힌 상태에서 자기를 따르는 정보부의 핵심 부하들을 배치해 놓고 있었다. 그는 마지막으로 다시 한번 더 박정희의 마음을 떠보았지만, 그에게 돌아온 것은 심한 면

책과 새카만 후배인 경호 실장 차지철의 모욕적인 발언뿐이었다. 그는 즉시 박정희와 차지철을 살해했다. 유신의 심장에서 벌어진 핵분열이라 할 수 있다.

통상 10·26 사건으로 지칭되던 이 사건은 사회와 역사를 생각하는 나의 삶의 방식에 변화를 많이 주었다. 시해 사건을 접했을 때 나는 그래도 한편으로 박정희가 없는 대한민국이 어떻게 유지될 수 있을까를 걱정했고, 다른 한편으로는 개인적으로 그의 배려를 받아 대학을 입학한 적이 있었기 때문에 다소 슬픔도 느꼈다. 다음 날 일찍 조문을 위해 양복을 걸쳐 입고 늘 친구들을 만나던 J 회관으로 올라갔다. 그곳에 모인 사람들 대부분 앞으로 전개될 대한민국호의 미래에 대해 걱정이 많았다. 국장은 며칠 동안 진행되었고, 수많은 사람이 18년 박정희 통치를 기억하며 애도했다. 그렇게 국장 일정을 보내면서 자연스럽게 유신이 마감되는 분위기로 흘러갔다.

박정희가 죽었다는 소식을 듣고 나는 유신 독재도 종말을 고告했다고 생각했다. 나는 이런 정치적 해빙기를 맞으면서 고시 공부해도 될 것 같은 생각을 했다. 왜 그런 생각을 했는지는 지금 기억이 나지 않는다. 아마도 유신 독재 체제하에서 고시 공부를 할 수 없다는 생각과 이제 독재 체제가 끝나가기 때문에 고시 공부해도 된다는 생각이 컸던 것 같다. 내가 그해 겨울 집 근처에 있는 교회의 문을 두드린 것은 신앙적인 문제라기보다는 고시 공부를 위한 다짐의 의미도 컸다.

내가 문을 두드린 교회는 동네 교회지만 근방의 다른 교회들보다는 비교적 컸다. 이 교회는 P 시장 앞 국회 단지 언덕 위에 위치해 있다. 이 교회로 올라가는 길은 두 가지다. 하나는 내가 사는 집 뒤쪽으로 골목을 통해서 올라가는 길이 있고, 다른 하나는 P 시장 앞 정류장에서 국회 단지 쪽으로 올라가는 큰길을 이용하는 것이다. 이 언덕길을 한참 올라가다 보면 왼쪽으로 교회로 가는 길이 나오고, 그쪽으로 한 100여 미터 올라가면 교회가 나온다. 교회에 들어서면 오른쪽으로 본당으로 올라가는 계단이 눈에 띈다. 왼쪽에는 청년회와 청소년회가 이용하는 회의실 건물이 있다. 교회 마당은 썩 넓은 편은 아니지만 그렇다고 좁은 것도 아니다.

이 교회의 장점은 무엇보다 청년회의 활동이 활발하다는 점에 있다. 내가 이 교회를 내 발로 찾아갔을 때도 여러 청년이 나를 반겨주면서 주일 예배 외에 청년회 모임에도 꼭 참석하라고 인도해 주었다. 이 모임에서 따로 성경 공부를 주로 하고 기타 여러 가지 프로그램도 개발해 나누기도 했다. 성경에 대해서는 나 역시 관심이 있어서 나는 등록 즉시 청년회 모임에 참석했다. 내가 참석한 두 번째 모임인가였다. 성경 공부를 무사히 마친 다음에 공부를 주도하던 이가 기도를 끝으로 마감했다. 그다음으로 친교 시간이 이어졌다. 친교부장을 맡고 있는 20대 초반의 앳된 여성이 말을 잇는다.

"자, 지금부터 친교의 시간입니다. 각자 자기가 마음에 드는 분 앞으로 자리를 옮겨 보세요. 오늘은 새로 들어온 분도 있으니까 반갑게 맞아주세요."

그녀는 미리 준비한 초를 각자에게 나눠 준다. 각자 그 촛불을 켠다.

나는 아직 사람들을 모르는 상태라 그 자리에 그대로 있었다. 그랬더니 아까 그 여성이 내 앞으로 온다.

"각자 눈을 감고 자기 앞에 있는 분을 위해 기도해보세요."

이것도 나에게는 생소하다. 나는 그냥 눈만 감고 있었다.

그녀는 나에게 자기 이름을 소개했다.

"안녕하세요. 저는 정미정이예요. 이 교회는 어렸을 적부터 다녀서 잘 알고 있어요. 지금은 청년회 친교부장을 맡고 있어요. 새로 오셔서 반갑습니다".

나는 얼떨결에 고개를 까딱하면서 인사했다. 생각보다 인상이 서글서글해 보인다. 내가 원래 낯선 사람에게는 얼굴을 가리는 편이지만, 호감 가는 상대 여성이 친절을 베푸니까 내 마음도 열리는 느낌이다.

"저는 이시우입니다. 새로 뜻한 바가 있어서 교회 문을 두드리게 됐습니다. 교회나 기독교에 대해서는 거의 아는 바가 없습니다."

"괜찮아요. 먼저 마음의 문을 열고서 교회 문을 두드린 것은 대단한 것 같아요. 보통 사람들은 아무리 선교를 해도 외면하는 경우가 많거든요. 그런 의미에서 이시우 님은 주님이 특별히 은혜를 베푼 것 같아요."

처음 청년회 모임에 온 것 치고는 비교적 무난한 편이다. 내가 대학에 처음 들어갔을 때 Y대 출신과 E여대 출신이 함께 운영하는 '아가페'라는 서클에 들어간 적이 있었다. 그런데 서클이 이름에 걸맞지 않다는 생각이 들어서 1년이 안 돼 나온 경험이 있다. 아마도 내 속에는 종교적 체험에 대한 근원적 열망이 있지만, 현실에서는 늘 실망하곤 하는지 모른다. 이런 열망이 어디서 온 건지는 모르지만 종교는 그 이후로도 나의 젊은 시절에서 중요한 역할을 한다.

박정희 대통령이 죽은 10·26 사태 이후 정국은 생각처럼 풀리지 않았다. 박정희만 죽으면 유신이 몰락할 것이라고 생각했지만, 그가 키운 군부 내 '하나회' 세력은 호시탐탐 권력을 장악하기 위해 은밀히 준비하고 있었다. 12·12 사태를 통해 당시 계엄사령관인 정승화를 전격 체포하면서 하나회 수장 전두환이 보안사와 계엄사를 동시에 장악했다. 사실 군사 반란에 버금갈 이 사건은 향후 정국 전개에서 굉장히 중요한 의미가 있지만, 당시 계엄 치하의 언론에는 짤막하게 보도되었을 뿐 야권에서도 크게 이슈화하지를 못했다. 나중에 되돌아보면 그만큼 야당과 재야 세력은 정보에 무지했다고밖에 할 수가 없는데, 이것이 〈서울의 봄〉이 무산된 결정적 원인이 아닐까 하는 생각이 들었다. 한 마디로 민주화에 대한 의욕은 컸지만, 그것을 실현할만한 실력이 없었다. 재야의 김대중은 가택 연금에서 풀려나자 연일 민주 세력의 단합을 이야기하면서 활동 공간을 넓히고 있었고, 김영삼을 위시한 야권도 새 시대를 준비하기 위해 분주히 움직였다. 1980년도 신학기가 들어서자 대학가도 이에 발맞춰 불투명한 정국에 우려를 표시하면서 연일 데모했다. 단과대별로 성토 회의가 열리고 총학은 나름대로 비상 정국을 대비하고 있었다. 하지만 안개 정국은 새봄이 와도 전혀 달라지지 않았고, 달라질 수 없었다. 다만 모를 뿐이었다.

나는 당시 고시 공부하겠다고 법대 기숙사에 들어왔지만 시끄러운 대학 분위기를 외면할 수가 없었다. 물론 대부분의 고시생은 세상이 어떻게 돌아가든 주구장창 육법전서를 차고 열심히 공부하고 있었지만, 그래도 나처럼 대학의 분위기를 의식하는 사람들도 꽤 있었다. 하루는 고시원 총무를 맡고 있던 한 선배가 식사 시간에 일장 훈계했다.

"여러분들, 고시원에 공부하러 왔습니까 아니면 데모하러 왔습니까? 공부하러 왔으면 공부에 열중해야지 왜 바깥세상 분위기에 휩쓸립니까? 그렇게 궁금하면 보따리 싸 들고 나가세요. 아니면 옆에서 열심히 공부하는 다른 원생들에게 최소한 방해를 하지 말아야지요. 우리가 고시를 공부하는 것은 먼 미래의 희망을 위해서인데 왜 자그마한 일에 출랑댑니까? 앞으로 이런 모습이 보이면 법대 고시원 차원에서 단호하게 대처할 겁니다."

그야말로 무시무시한 선전 포고다. 데모에 참여하면 가차 없이 퇴출하겠다는 엄포다. 하지만 이에 기죽을 내가 아니다.

"선배님, 말씀은 잘 들었습니다. 그런데 말씀 가운데 궁금한 것이 있습니다. 도대체 먼 미래라는 것이 무엇을 의미하나요? 그리고 지금 학생들 데모하는 것이 아이들 출랑대는 정도로 뿐이 보이지 않습니까? 평소 존경하는 선배님의 입에서 그런 이야기가 나오니 솔직히 실망스럽습니다."

내 말이 불쾌했는지 얼굴을 붉힌 그 선배는 다시 입을 열었다.

"아무튼, 나는 이야기를 다 했습니다. 위반하는 원생들이 있다면 책임질 것도 생각하세요. 이만!"

고시원 선배 총무와의 이런 논쟁도 어쩌면 부질없는 것인지 모른다. 연일 민주화를 요구하고 전두환 물러나라는 데모 열기가 막바지를 향해 가고 있었다. 10만여 명의 대규모 데모대가 서울역을 눈앞에 두고 회군했다. 지도부가 숙고 끝에 내린 결정이었다. 이 결정에 대해 당시 반대도 많았다. 왜 끝까지 밀어붙이지 못했는가 하면서 아쉬운 표정들을 많이 지었다. 하지만 데모대가 탈취한 경찰 버스에 시민이 다치는 사고가 있었고, 연일 이어지는 데모대에 대해 언론과 여론의 피로감도 적지 않았다. 서울역에서 회군한 총학 지도부는 16일 토요일 이대에 집결해서 향후 정국 대비 전국 총학 연석회의를 열었다.

고시원에서 내가 거주하던 방은 2층 맨 끝방이었다. 우리는 저녁을 먹고 각자 자기 방으로 흩어졌다. 그런데 9시쯤 돼서 갑자기 내 방으로 평소 알던 선배가 뛰어들었다. 그의 첫 마디는 "당했다!"였다. 그는 법대 학생회를 실질적으로 이끌던 선배였다. 군대를 다녀온 그는 대중 연설과 선동에 탁월했다. 단과대 학생장을 맡고 있었을 때 나보고 법학과 과 대표를 맡아서 정법대 분위기를 잡는 데 일조하는 게 어떠냐고 제안한 적이 있었다. 물론 나는 고시 핑계로 그 제안을 물리쳤다.

"도대체 당했다는 게 무슨 말입니까?"

선배는 E 여대에서 열린 전국 총학생회에 참석했었다.

"총학생장들이 회의하던 E 여대에 경찰이 덮쳤어. 대부분 현장에서 붙잡혔고. 다행히 나는 운이 좋아 도망칠 수 있었지. 나는 E 여대 후문

쪽 담장을 넘어서 바로 여기 법대 고시원으로 도피한 것이야."

Y대 동문 쪽 후문에 있는 법대 고시원은 E 여대 후문과 멀지 않았다. 이곳 지리에 밝은 그는 길 건너 바로 이 고시원으로 올 수 있었다. 그가 맨 끝의 방으로 온 것은 만약의 경우 바로 튈 수 있기 위해서라고 했다.

선배의 '당했다'는 표현은 당시 상황을 아주 잘 드러냈다. 사실 하나 회가 이끄는 군부는 학생들 데모를 거리로 유도해서 호시탐탐 결정적 시기를 노리고 있었다. 하나회 실권 세력의 이런 계략을 알만한 사람들은 미루어 짐작하고 있었지만, 그렇다고 달리 대안이 있었던 것도 아니다. 신군부는 학생들이 서울역 회군을 단행하면서 휴지기에 들어간 그 틈을 비집고 들어왔다. 그들은 E 여대에 모인 학생 지도부들을 일거에 검거하면서 뜨겁던 데모 열기에 찬물을 끼얹은 셈이다. 하지만 이 정도로 끝난 것은 아니었다. 그들은 훨씬 더 큰 규모의 희생을 제물로 삼으려 했던 것이다. 1980년 5월 17일 9시 너머에 열린 국무회의에서 단 20분 만에 계엄을 전국으로 확대하는 결정을 내렸다. 모두가 전격적으로 계획된 수순手順이었다.

7공수 특전여단이 광주에 내려온 시각은 5월 17일 자정을 넘겨서였다. 그들은 부마 항쟁을 진압한 경험이 있는 부대였다. 광주에 도착하자마자 그들은 전남대와 조선대에 배치되었다. 이들은 일요일이지만 학교 도서관이나 기타 볼일 보러 온 학생들을 곤봉으로 무자비하게 팼다. 아닌 밤중에 홍두깨라고 자신들의 학교에서 어이없이 곤봉으로 두들겨 맞은 학생들은 일단 학교 밖으로 피했다. 100여 명 가까이 광주역 근처로 모이자 그들은 하나 같이 공수 부대를 성토했다. 이때부터 시작된 광주의 5월은 한국 민주화 운동의 역사상 최악의 살육으로 도배되었다. 가장 뛰어난 전투력을 지닌 공수 부대가 적과 싸운 것이 아니라 비무장 일반인들을 상대로 무차별 살상을 하고 총기를 난사했다는 것은 어떤 명분으로도 설명할 수 없을 것이다. 공수 부대의 이러한 만행은 처음부터 기획된 것일지 모른다. 시위대와 대처하는 과정에서 우발적으로 일어났다면 절대로 총구를 대한민국의 국민을 향할 수 없다. 하지만 그들은 김대중에 대한 절대적 지지를 보여주고 있는 광주를 하나의 본보기로 삼아 계엄 철폐를 요구하는 세력에게 철퇴를 내리려는 의도가 강했다. 때문에 그들은 초기부터 강경 진압을 시도했고, 이 과정에서 피를 본 수많은 광주 시민들이 똘똘 뭉쳐 저항했던 것이다. 한국의 1980년대는 이 사건을 기화로 민주 대 군부 독재 간 투쟁으로 점철되었다.

광주 항쟁

내가 광주 학살에 대한 생생한 이야기를 들은 것은 사회에서가 아니라 중부서 보호실에서였다. 이 이야기는 완전히 보도 통제된 일간지에서는 볼 수가 없었다. 하지만 카더라 통신을 통해 간간이 광주 학살에 관한 이야기들을 접하기는 했지만 정확한 진상은 알 수가 없었다. 나중에 대학 시절 친하게 지내던 지수걸을 통해 계엄 철폐 데모를 하겠다는 이야기를 들었다. 그날은 초여름의 햇살이 밝게 비추던 일요일이었다. 나는 그때 새로 다니기 시작한 교회에 있었다.

"뭐라고? 너 지금 무슨 소리 하는 거야?"

"시우야, 조용히 해. 잠깐 내 말 좀 들어줘. 내가 이 말을 아무 생각 없이 한 게 아니야."

"아니, 지금 시국이 어떤 상황인데 그런 생각을 해? 너의 행동이 얼마나 무모한 것인 줄 알아? 그 행동 하나로 인해 너의 인생이 완전히 무너질 수 있다는 생각을 안 해 봤어. 어떻게 이기적으로 네 생각만 하냐? 너의 가족들은 어떻게 될까?"

"그래, 나도 그 점을 충분히 생각했어. 이런 결정을 내리기 위해 몇 날 며칠을 하나님에게 울면서 기도했어. '주여, 이 잔을 내가 피할 수 있으면 피하게 해주소서'라고 말이야. 하지만 그런 간절한 기도 끝에 내가 얻은 대답은 '가라, 네가 선택한 길을!'이었어. 이런 결정을 내리고 나니까 오히려 내 마음이 아주 차분해졌어. 그러니 나의 이런 심정을 친구인 네가 이해를 해줬으면 해."

친구 수걸하고는 대학에 들어갔을 때 '아가페'라는 서클에서 만났다. 그 후 우리는 그 서클을 탈퇴했지만, 그와 나는 서로 죽이 잘 맞아 계속 만났다. 나는 그가 다니던 K 동 교회 청년회 사람들과도 자주 어울렸다. 때마침 1977년에 아동 급식 빵으로 인해 대규모 식중독 사건이 일어나 사회적으로 크게 문제가 됐다. 나는 이 사건을 풍자한 사회극 시나리오를 써서 교회의 연극 무대에 올리기도 했다. 당시 나는 카뮈의 『이방인』이란 소설에 심취해 있었다. 시나리오는 그 작품에 등장하는 검사의 논고를 흉내 내 기성인들의 부패를 고발한 작품이다. 수걸과는 자주 어울려서 서울역 앞에 있는 고아원을 정기적으로 방문하기도 했다. 그런 그가 광주 사태 이후 갑자기 찾아와서 광주의 진실을 밝히기 위해 데모해야겠다고 말한 것이다. 그 말을 듣는 순간 심정적으로 그에게 동조는 해도 현실적으로는 도저히 받아들일 수 없었다. 그래서 그를 설득하려고 애를 많이 썼지만 일단 결심한 그는 요지부동이었다. 그는 달걀을 가지고 바위에 내리친다고 하면서 이런 행동을 반복하다 보면 결국 큰 바위도 균열을 일으킬 수밖에 없다고 했다. 그는 거사 1주일을 앞두고 나에게 일방적인 통보 비슷하게 이 이야기를 했다.

그가 폭탄선언을 하고 간 뒤로 내 머리가 아주 혼란스러워졌다. 나는 그 당시 교회에서 만난 한 여성과 막 사랑을 시작하려던 순간이었다. 그것만으로도 머리가 복잡한데 친구가 기름통을 메고 불 속으로 뛰어들겠다고 하니까 더 대책이 서지 않았다. 이제 공은 나에게 넘어왔고, 내가 결정해야 할 시간이다. 나는 이 사실을 친구 가족들에게 알려서 그의 거사를 막아야 하는가, 아니면 외롭게 역사의 짐을 지고 가는 친구의 거사에 동참할 것인가를 결정해야 한다. 이미 마음이 굳어진 친구의 결심을 더는 어떻게 막을 수가 없다. 그 이후로 나는 매일 같이 다녀 보지 않은 새벽 기도를 나가서 간절히 기도했다. 내가 이런 신심이 있었는지는 나도 모른다. 하지만 친구의 모습을 보고 내가 어떻게 해야 하는지를 그저 열심히 기도를 통해 물었다. 그때는 잠도 하루에 서너 시간도 자지 않았다. 그렇게 닷새가 지났다. 여전히 나에게는 해답이 보이지 않았다. 나는 이렇게도 할 수 없었고, 저렇게도 할 수 없었다. 나중에 철학을 공부할 때 배운 딜레마Dillema가 바로 이런 상황을 말하는 것이다.

그러다가 닷새쯤 되었을 때다. 새벽에 열심히 기도를 드리는 데 갑자기 눈앞에 떡이 보였다. 그것을 잡으려고 했지만, 그냥 사라져 버렸다. 일종의 헛것이라고 생각할 수도 있지만 간절한 기도 속에서 접한 현상이라 예사롭게 느껴지지 않았다. 그것을 당시 만나던 여성에게 이야기하니까 성경에 나오는 '오병이어'의 기적을 말해준다. 예수가 빵 다섯 개와 물고기 하나로 5천 명의 사람을 먹였다는 기적 같은 이야기다. 꿈보다 해몽이다. 그 이야기를 듣고 나도 마음을 굳혔다. 친구의 거사에 동참하리라.

일단 나의 마음을 굳혔지만 생각할 일이 적지 않다. 지금과 같이 살벌한 계엄 상황에서 데모한다는 것이 무엇을 의미할까? 고시를 보겠다는 내 생각은 이제 완전히 물 건너가는 것이다. 감방에 들어가면 몇 년이 될지 알 수가 없다. 결국 고시를 포기하는 것이고, 정상적인 삶을 살아가겠다는 생각을 포기하는 것이다. 너무 무모한 것은 아닐까? 두려움도 생기고 번민도 많았다. 이런 나는 나의 문제만 생각하는 이기적인 인간이 아닐까? 무엇보다 나의 이런 결정에 부모님을 비롯한 가족들이 어떻게 받아들일 수 있을까? 먹고 살기도 힘든 가정에서 대학을 보내주었는데, 자기 인생을 말아먹을지도 모를 불 섶으로 뛰어 들어가는 나의 행동을 가족들이 이해할 수 있을까? 나의 너무나 무책임한 행동에 대해 이해를 바라는 것 자체가 어불성설이다. 마음의 결정을 내리기는 했지만 이런 불안한 생각들이 꼬리에 꼬리를 물고서 나타났다가 사라진다.

그 당시 나는 교회에서 알게 된 미정에 대해 연애 감정을 갖기 시작했다. 하루 종일 그녀를 생각하기도 했다. 그녀도 회사에서 틈만 나면 나에게 전화했고, 전화를 시작하면 꽤 오랜 시간 전화기를 붙잡고 있기도 했다. 아주 오랜만에 서로 마음이 통하는 느낌이었다. 그런데 내가 감방에 들어간다면 그녀와의 만남은 어떻게 될까라는 생각에 미치면 괴로운 마음이 들기도 했다. 거사를 하기 전날 나는 그녀의 집을 먼저 찾아갔다. 내가 이런 결정을 내릴 수밖에 없었던 사정 이야기를 그녀에게 해주어야만 했다. 나중에 제삼자를 통해서 나의 거사를 알게 된다면 그녀는 나에 대해 실망할지 모르기 때문이다. 무엇보다 그동안 내가 써 왔던 일기장을 그녀에게 준다는 것도 나 자신에게는 각별한 의미가 있었다. 나의 마음을 전달하고, 내 생각과 행동을 알릴 수 있는 유일한 방법으로 생각되었다. 밤늦게 그녀의 집 앞으로 찾아가서 그녀를 불러냈다. 그런데 기대했던 것과 달리 그녀의 반응이 마음에 들지 않았다. 나는 사선을 넘어가려고 하는데 그녀는 갑자기 왜 불러냈느냐는 식의 심드렁한 표정만 짓고 있었기 때문이다.

"모예요? 이 늦은 시각에."

아주 뜬금없다는 태도다.

"잠시 중요한 이야기를 하고 싶어서야."

"그냥 전화로 하던지, 아니면 밝은 낮에 하면 안 되나요?"

그 말을 듣자 그녀와 나 사이에 넘기 힘든 벽이 있다는 느낌이 들었다. 서로 간에 감정이 완전히 불통이 된 것 같아 가슴이 답답했다. 물론 내 생각이 너무 앞서간 면이 있었지만 달리 어떻게 할 시간도 없었다.

"알았어. 그런데 이 노트를 잘 좀 보관해줘. 내가 오랫동안 써 왔던 일기야. 그리고 나 내일쯤 당분간 멀리 떠나게 될 거야."

"아니, 그걸 왜 나한테 줘요. 도대체 어디를 가는데 그래요?"

내가 민망한 마음이 들었다. 나는 일기장을 건네자마자 바로 그녀를 뒤로하고 떠났다. 아무리 상황이 그렇다 하더라도 서로 공감하지 못할 수 있다는 생각을 그때 처음 해봤다. 내 마음이 전혀 전달되지 않았고, 나의 절실한 감정에 대해 무신경한 그녀의 태도가 무척이나 실망스러웠다. 차라리 만나지 않았더라면 좋았을 것이지만, 이미 엎질러진 물이다. 그녀와는 비슷한 경험을 나중에 다시 하게 되었다.

다음 날 나는 수걸의 집으로 가기 위해 아침 일찍 나섰다. 이날 벌어질 엄청난 사건으로 인해 1980년 6월 27일은 평생 가도 잊히지 않을 것이다. 내가 사는 봉천동에서 금호동까지는 한참 먼 거리지만 그것은 전혀 문제가 안됐다. 그의 집은 금호동 로터리에서 내려 한참을 걸어 올라간다. 그곳으로 올라가는 나의 걸음 하나하나가 마치 골고다 언덕으로 십자가를 지고 올라가는 예수 같은 생각마저 들었다. 문을 두드리자 나온 수걸은 나를 보자 다소 놀라는 표정을 지었다.

"웬일이야?" 뻔히 알면서 묻는다.

"너 때문에 내가 골머리를 썩고 있다. 이놈아."

"왜 네가? 그냥 편하게 받아들이지."

"너라면 그게 편하게 받아들여지냐?"

"내가 너를 만나러 간 것은 뒤처리 좀 부탁하기 위해서였어. 그런데 이렇게 직접 찾아오니까 할 말이 없다."

"내가 그냥 뒤처리나 할 사람으로 보였나? 나는 그렇게는 못 하겠다.

내가 너의 마음을 꺾을 수 없다면 너 역시 나의 마음을 꺾을 수는 없을 거다. 내가 며칠 동안 아주 심각하게 고민했다. 결론만 말할게. 네가 하려는 거사에 내가 함께하겠다."

"뭐라고? 그건 안돼. 내가 너를 끌어들인 셈이 되잖아."

"너는 나를 뒤처리용으로 생각한다고 했지만 사실 너도 내가 함께하기를 바란 것은 아닐까?"

그는 잠시 생각하더니 툭 하니 말을 내뱉는다.

"알았다. 그렇게 하자."

이 말을 시점으로 함께 하기 위한 거사 준비를 일사불란하게 진척시켰다. 이미 거사 일에 현장에서 뿌릴 전단은 수걸이 다 만들어 놓았다. 우리는 각자 주소가 확인되는 친구들한테 전단을 우편으로 보내기 위해 주소를 적었다. 나중에 친구들이 놀랄 수도 있어서 미리 알려주는 것이다. 그런데 이 우편물을 보내는 과정에서 내가 친구의 이름을 잘못 적어 보낸 것이 있다. 나중에 한 친구가 그런 말을 해줬다. 그 당시 급박한 상황에서 일을 처리하다 보니 나온 실수였다.

다음으로 우리는 몸을 단정히 하기 위해 이발소에 가서 머리를 깎고 대중목욕탕에 가서 목욕도 했다. 이제 마음의 준비도 다 됐다. 우리는 함께 거사 장소인 퇴계로 명동 입구의 지하도로 향했다. 묵직한 전단을 들고 버스를 탔는데 버스 안 승객들이 다 우리를 주목하는 것만 같았다. 온 시선을 온몸으로 느낄 수 있었다. 특별히 떨리는 감정은 아니었지만, 내가 지금 큰일을 벌이고 있다는 생각을 하니까 그런 느낌이 들었던 것 같다. 버스 창밖으로 보이는 도로 곳곳에는 무장한 계엄군이 보였다. 잠깐 순간이었지만 나의 미래가 전혀 예측되지 않을 정도로 불투명하다는 생각이 들었다. 과연 나는 어디로 향하고 있는가?

예나 지금이나 명동으로 들어가는 입구는 사람들로 붐볐다. 마침 우리의 거사 날짜는 토요일 오후이기 때문에 사람들이 특히 많았다. 수결은 시위 효과를 극대화하기 위해 토요일로 잡은 것이다. 버스에서 내리자마자 왼쪽으로 지하도가 있었고, 바로 앞에는 유명한 빵집이 있었다. 우리는 그곳에서 각자 맡은 분량의 전단을 뿌렸다. 동시에 우리는 외쳤다.

"계엄을 철폐하라, 광주의 진실을 밝혀라. 학살 원흉 전두환은 물러나라!"

비상계엄이 여전했고, 곳곳에 무장 군인들이 지키고 있는 현실에서 아닌 밤중에 홍두깨라고 이런 엄청난 구호를 외친 것이다. 도로 위에 있던 수많은 사람이 깍깍 소리를 지르면서 달아나는 모습이 보였다. 광주 사태 이후 더욱 강화된 계엄 상황에서 이런 데모를 벌이는 것 자체를 두렵게 보았을 것이다. 전단을 여기저기 뿌렸다. 뿌렸다기보다는 처음 해보는 일에 당황해서 그냥 뭉텅이로 내 던졌는지 모른다. 지하도 안으로도 던졌고, 거리에도 던졌다. 손에 더 이상 전단이 없자 수결과 나는 주먹을 쥔 오른손을 번쩍 들고 명동 방향으로 구호를 외치면서 걸었다. 사람들이 바다가 갈라지듯 우리 앞길을 열어 주었다. 단 5분도 안 걸린 시간이었을 텐데 그 순간이 영원히 지속되는 느낌이 들었다. 짧은 시간에 목이 쉬어 버렸다. 그 이후로 내가 여러 차례 경험해봤지만 아주 짧은 시간에 영원과 접속되는 경험을 한 것은 그때가 처음 같았다. 그 사이 누군가가 우리를 신고했다. 호루라기 소리가 들리더니 경찰 몇 명이 나타났다. 계엄군이 출동하지 않은 게 다행이다. 만약 군인이 출동했다면 그 자리에서 그냥 반죽음이 되었을지도 모른다. 우리는 바로 수갑 찬 채 명동 파출소로 끌려갔다.

파출소에 도착하니 비로소 상황이 정리되는 느낌이 들었다. 파출소의 한 젊은 순경은 우리가 다소 안쓰러운지 담배를 권했다. 담배 한 모금을 빨자 긴장이 풀리는 것 같았다. 바깥은 우리의 시위와 아무런 상관이 없다는 듯 토요일 오후 인파들로 덮여 있었다. 우리의 시위는 찻잔 속에 잠시 미풍이 분 것 정도도 안 되었다. 그런 일을 도대체 왜 했을까? 개인적으로는 엄청난 변화가 일어날 수도 있는 일이지만 타인이나 사회에는 아무런 의미가 없는 돈키호테식 행동이나 다름없는 것이다. 실제로 조사받는 과정에서 우리 뒷선을 아무리 캐도 나오지 않자 "이거 미친놈들 아냐, 완전 돈키호테구먼."이라는 말도 들었다. 그 말이 맞을 수도 있다. 우리의 시위는 일종의 자기 확신에 기초한 자기 고백이나 다름없을 것이다. 아무도 알아주지 않는 자기 자신과의 약속이고, 자신이 스스로 설정한 채무 이행이었는지 모른다. 훗날 이 사건을 반추하면서 나는 다시 새로운 다짐을 했다. 다시는 이런 돈키호테식 자기 고백은 하지 않겠다고.

명동 파출소에서는 별다른 조사 없이 바로 멀지 않은 곳에 있는 중부

서로 이첩됐다. 우리가 도착하니 큰 상황판에 방사선 형태의 그림이 그려졌다. 일단 형사 앞으로 가서 심문받고 조서를 써야 했다. 우리가 앉자마자 다짜고짜 한 형사가 뺨을 때린다.

"이런 미친놈들, 지금 시국 상황이 어떻게 돌아가고 있는지 알아?"

이런 폭력을 전혀 예상하지 못한 것이 아니었기 때문에 우리는 당황하지 않았다. 하지만 대답은 하지 않았다.

"이놈들, 무슨 생각을 하고 이런 짓을 벌인 거야? 배후가 누구야?"

다른 형사가 큰 목소리로 추궁했다.

"배후는 없습니다. 우리 둘이 다 결정한 것입니다."

친구가 대답했다.

한참을 캐도 드러난 이상의 것이 나오지 않으니까 그냥 보호실 철창으로 집어넣으라는 말이 들렸다. 바지의 혁대를 풀고, 내가 차고 다니던 보조기도 풀어야 했다. 당장 걷는 데 지장이 있지만 할 수 없었다. 그날 밤 우리는 잡범들과 함께 보호실에서 보냈다. 낯선 철창, 평소 범죄자들로 백안시했던 사람들과 한방에서 그날 밤을 보냈다. 긴장이 풀어져서인지 잠은 잘 잤다. 이제 나에게 익숙한 세상은 사라지고, 낯설고 새로운 상황이 다가온 것이다.

거사 당일 밤 수걸과 내 집으로 형사대들이 급파돼서 증거물이 될 법한 것들을 가지고 왔다. 그날 밤 가족들이 매우 놀랐다고 한다. 아닌 밤중에 형사들이 조사를 위해 왔다고 하니까 가뜩이나 걱정이 많은 어머니가 많이 놀랐다. 수걸의 집을 조사했던 한 형사는 수걸의 집 책장의 수많은 장서를 보고 놀랐다는 이야기를 했다. 사실 그의 집에는 아버지와 형이 보던 책, 그리고 수걸이 보던 책들이 빼곡히 꽂혀 있었다. 조사하는 과정에서 주범은 지수걸이고, 종범은 나로 확정됐다. 때문에 수걸은 수시로 불려 나갔다. 전단을 인쇄한 곳이 어디냐는 추궁을 받았지만, 그는 잘 둘러쳤다. 적어도 그를 믿고 일을 해준 사람들이 곤욕 치르지 않도록 처리했다. 그의 일 처리는 생각보다 꼼꼼했다. 그가 한참 후에 한국형 레스토랑을 창업해서 크게 성공한 적이 있었는데, 이때의 일 솜씨가 바탕이 됐을 것이다.

처음 시작한 경찰서 보호실 생활을 하면서 여러 사람을 만났다. 때가 때인 지라 정치범들이 여럿 잡혀 있었다. 이곳에는 이미 김대중 산하 청년 조직인 연청 관련 인사가 들어와 있었고, 근처 동국대의 핵심 간부들과 선후배들도 들어와 있었다. 그리고 김대중 씨 연설한 것들을 녹음해서 배포한 음반 업자도 있었고, 사회주의에 발을 들여놓은 지사형 정치인도 있었다. 그리고 이 보호실에는 정치적인 이유로 들어온 사람들 외에도 일반 잡범들도 많았다. 계엄 상황에서 나중에 삼청교육대로 보내진 수많은 잡범의 숫자가 점점 늘어나고 있었다. 정치범에 대한 예우 때문인지 우리는 비교적 좋은 자리에 있었지만, 더운 여름날 에어컨이나 선풍기가 없는 상태로 칼잠을 자는 건 참으로 고역이었다. 나중에 본격적으로 철학을 공부할 때 알게 된 "타인은 지옥이다."라는 사르트르의 말을 몸으로 체감했다.

내가 광주 학살에 관해 이야기를 들은 곳은 바로 경찰서 보호실 안에 들어와 있던 한 잡범을 통해서였다. 보호실 안은 끊임없이 소란스럽고, 온갖 소리가 난무했다. 특히 밤에는 입담 좋은 친구들 주변으로 삼삼오오 몰려서 이야기꽃을 피우기도 했다. 담당 경찰관도 특별한 경우 아니면 그냥 묵인했다. 하루는 20대 중반의 한 청년이 할 이야기가 있다고 했다. 그는 광주에서 아주 끔찍한 경험을 했다고 했고, 자신은 사선을 넘다시피 해서 그곳을 탈출했다고 했다. 그가 그날 밤 구구절절이 광주 이야기를 풀기 시작했을 때 다들 할 말을 잊은 듯 침묵했다. 그의 입에서 나오는 이야기가 너무나 충격적이고 리얼했기 때문이다. 그가 남도 사투리로 떨리는 듯 말했다.

"정말 이제 못 보겠습디다. 공수 부대 안 있소? 완전히 무장해갖고 대학생으로 보이면 무조건 곤봉으로 머리빡부터 뚜드려 패버리는 거예요. 그러면 그 자리에서 자빠져불죠. 그렇께 여기저기 사람들이 막 쓰러져 있는 거예요. 일어설 수 있는 사람들은 무조건 옷부터 배께 갖고 팬티만 남기고 도로에 무릎 꿀레서 일렬로 안치고, 조금이라도 움직이면 개머리판으로 사정없이 패부었어요. 길 가던 시민들은 놀래갖고 '오매 저러다 사람 죽이겠다'고 하면서도 군인들이 워낙 살기가 등등하니까 어쩌지도 못하고라. 최루탄을 쏴놔서 눈도 못 뜨고 숨도 못 쉬고요. 멀리서 보고 오다가 도망가는 젊은이가 있으면 끝까지 쫓차가서 같은 방식으로 패버리는 거예요. 나는 너무 무서워서 밖에 나갈 엄두를 못 냈어요."

그날 밤 이런 끔찍한 이야기가 그의 입에서 나올 때 일반 잡범들도 조용히 침묵했다. 어떤 이들은 눈물마저 글썽거렸다. 도저히 국민의 군대라고 할 수 없다고 분노하는 이도 있었다.

조용히 듣기만 하던 동국대 운동권 출신의 한 사람이 질문했다.

"직접 당신이 확인한 건가요?"

"그러문요오. 신문에 안 나니까 모르시는 거예요. 그러다가 3일째 되는 날 집으로 들이닥칠지도 모른다는 생각이 드니께 무서워서 못 있겠더라고요. 그래서 화순 쪽으로 빠져서 어떻게 기차를 겨우 타고 서울로 도망을 온 거예요. 물론 오면서 양심의 가책도 들었어요. 내가 아는 친구들도 저렇게 무자비허게 당하고 있을 텐디 나만 도망을 가는구나 하고요."

그가 광주의 현장에서 도망간 것에 대해 누구도 비난할 수 없었다. 목숨을 보전한다는 것은 모든 생명체의 1차적인 보호 본능이기 때문이다. 이날 이후로 한반도의 남녘은 깊은 침묵의 세월로 접어들었다. 과연 하늘에 신이 있다고 한다면 어떻게 이런 일이 벌어질 수 있을까? 주여! 당신은 어디로 가시나이까?(쿠오바디스 도미네)

그날 그에게 끔찍한 광주의 학살 현장 이야기를 들으면서 우리는 솔직히 분노 이상으로 두려움을 느꼈다. 도대체 이놈들이 무슨 생각으로 그런 일을 벌였는가, 그리고 다음 희생자가 누가 될 것인가, 감방에 있는 우리에게도 그 여파가 밀려오지 말라는 보장이 없지 않은가 등등으로 밤에 잠을 이루기가 쉽지 않았다. 하지만 우려했던 것과 달리 경찰서 유치장에서의 삶은 큰 변화는 없었다. 다만 민생 사범들을 대거 잡아들이면서 보호실의 인구 밀도가 극도로 높아져서 지내기가 더욱 힘들어졌다.

어느 정도 이곳 생활에 익숙해져 갈 때 내가 다니던 교회의 장로님이 위로차 방문했다. 장로님은 불편한 것은 없는지 물어보고 사식을 넣어 주었다. K 교회에서 자주 어울리던 상수는 수시로 유치장으로 우리를 찾아왔다. 그는 이렇게 큰 거사를 하면서 자기한테 안 알린 것에 대해 무척 섭섭해했다. 하지만 의대 본과에 다니던 그를 무조건 끌어들일 수는 없었다. 그런데 어느 날 다니던 교회의 미정이가 위문을 왔다. 그녀는 특유의 쾌활한 목소리로 이것저것 묻기도 하고, 혼자 깔깔거리기도 했다. 위문 온 느낌이 전혀 들지 않았다. 그녀의 평소 스타일이 그런 면이 많기는 해도 나의 처지를 전혀 고려하지 않는 것에 섭섭한 느낌도 들었다. 나는 그날 시위한 이래 처음으로 내가 마음대로 움직일 수 있는 자유가 차단되었다고 생각했다. 철창 밖의 사람들과 내가 이질적인 삶을 사는 것 같았다. 그리고 설령 이곳을 나간다 해도 다시 또 들어올 것 같은 느낌도 들었다. 무슨 일이든 처음이 어렵지 다시 반복하는 일은 어렵지 않다.

그래도 비교적 적응을 잘하는 체질이라 나는 유치장 분위기에 금방 젖어 들었다. 우리는 정치범이라고 해서 일반 잡범들이 대우도 해주고 자리도 좋은 곳으로 주었다. 나는 그곳에서 명색이 법대생이라고 해서 형사소송법과 법전을 옆에 펼쳐 놓고 일반 잡범들의 법률 상담도 해줬다. 소매치기로 들어온 어떤 여성은 생리 중에 그런 도벽이 생긴다는 현실을 호소해서 대신 이유서를 써준 적이 있다. 잡범들 가운데서도 소매치기들은 여간해서는 자신들의 속마음을 드러내지 않고, 일단 하는 말들 대부분은 거짓말인 경우들이 많다. 오히려 솔직하고 단순한 잡범은 주먹을 쓰는 건달들이다. 이런 건달도 노는 구역이 어디냐에 따라서 행태가 다 틀린다. 중부서 관할의 남대문에서 노는 건달들은 비교적 순진하고 단순한 반면, 타워 호텔을 무대로 노는 건달들은 자신들의 처지를 은근히 뻐기는 경우들이 있었다. 당시 명동 신상사파의 중간 보스쯤 되는 건달이 있었는데 그의 입담이 아주 걸쭉했다. 외모로 볼 때는 일반인하고 거의 차이가 없는데 목소리가 우렁우렁하고 말도 유창하게 잘했다. 그는 특히 음담패설을 잘했는데 한밤중에 그가 한 창 음담패설을 할 때는 내근하는 형사들까지 와서 열심히 듣곤 했다. 당시 연청의 핵심 멤버 중의 한 사람이 있었는데 외모로 볼 때는 호랑이처럼 생겼지만 마음 씀씀이는 여우 같은 면이 많은 사람이었다. 내가 법률 상담할 때 그가 뒤에서 자문해주곤 했다. 나중에 유치장을 나가면 그의 사업장으로 한번 찾아오라고 해서 찾아간 적이 있었는데 은근히 외면하는 것 같아서 발길을 끊었다. 그는 나중에 정치적으로 크게 성공하기도 했지만, 그때의 경험 때문에 별로 신뢰감이 가지 않았다.

유치장 안에서 비교적 대화가 잘 통하는 것은 비슷한 또래의 학생 운동권 사람들이다. D 대의 운동권 인사가 여럿 들어왔는데 그들과 향후 정국 동향이나 앞으로의 진로 등과 관련해 토론을 많이 했다. 그중의 한 사람인 우성과는 나중에 바깥으로 나가서도 만남이 이어져서 세미나도 함께 하곤 했다. 기억나는 한 분은 민중 불교를 하던 승려였다. 그는 평소 다른 사람들이 열심히 떠들고 토론해도 일절 관여하지 않고 면벽 참선만 했다. 결혼을 앞둔 상태라 신부 될 사람이 자주 유치장을 찾았다. 신부는 아주 옛 된 여군 장교라 사람들의 관심을 많이 끌었다. 당시 김대중의 연설을 녹음해서 판매하다가 들어온 음반 제조업자인 모 씨는 바깥에 나가서 우리와 자주 어울렸다. 사람 좋은 그는 우리가 경제적으로 어려운 것을 알고 술도 많이 사줬고, 그가 제작한 클래식 테이프 모음집을 우리에게 줘서 한때 그것들을 팔아 용돈으로 쓰기도 했다. 그때의 경험을 통해 왜 사람들이 교도소를 학교라 생각하는지 알 수가 있었다. 물론 우리가 있었던 곳은 교도소가 아니라 경찰서 유치장에 불과했지만, 그곳에서 여러 부류의 사람들을 만나다 보니 사람 경험을 많이 한 편이다. 내가 처음 인간이란 어떤 존재인가? 라는 문제에 관심을 가질 수 있었던 시간이었다.

무더운 날씨에 사람들이 많다 보니 육체적으로 많이 힘들었다. 그래도 국방부 시간은 여지없이 흘러가고 있었다. 우리가 시위를 한 것이 6월 27일인데 한 달쯤 돼서 갑자기 친구와 나를 불렀다. 따라서 올라가보니 서약서를 제출하라고 하면서 석방이라고 했다. 다시는 그런 엉뚱한 짓을 하지 말라고 서약서를 쓰라고 했다. 비상계엄으로 삼엄한 상황에서 데모를 했지만 우리는 무사히 풀려났다. 우리와 관련된 모든 조사 기록들은 다 폐기 처분했다고 한다. 처음 거사했을 때 방사형으로 배후를 캐던 형사들이 아무것도 나오지 않으니까 허탈해하면서 돈키호테

같은 놈들이라고 말했었다. 이번에는 그동안 조사했던 기록들을 하나하나씩 지워가면서 석방한 것이다. 함께 거사한 친구의 아버지가 백방으로 손을 뻗쳐 보안사 과장의 도움을 받았다고 한다. 숨통이 꽉꽉 막히던 유치장을 나오니까 밖은 햇볕으로 눈이 부시고 더위가 한창인 7월 말이었다.

선택과 탐색

    별다른 흔적을 남기지 않고 경험한 지난 한 달은 여러모로 나에게 깊은 영향을 주었다. 유신이 무너진 후 고시 공부를 해야겠다고 생각한 결심은 그냥 물 건너 가버렸다. 5·17 이후 비상계엄이 전국으로 확대되자마자 법대 고시원도 폐쇄되었다. 덕분에 법학이나 고시에 대한 미련을 깨끗이 벗어 버렸다. 고시를 하겠다고 하고서 기숙사에 입소했는데, 사회 분위기가 바뀐 탓에 내 마음도 완전히 바뀐 것이다. 2학기에 등록할 때는 법대 과목이 아니라 문과대의 사회학과나 영문과 그리고 사학과에서 과목을 선택했다. 보다 현실적이고 자유로운 학문을 시작하기로 한 것이다. 실제로 이런 과목들이 훨씬 흥미로웠고, 시험을 봐도 성적이 훨씬 잘 나왔다. 사실 나의 경제 상황을 고려한다면 가능한 한 빨리 취직해야 하는 데 나는 그런 것에 거의 관심을 두지 않았다. 어떻게 보면 아나키스트의 방랑을 선택한 것인지도 모른다. 한때 마음을 주었던 여성과 만남도 예전 같지 않았다. 대신 유치장에서 사귄 몇몇 사람들과는 따로 세미나를 계속했다. 이 세미나는 단순히 공부를 위한 것이 아니라 모종의 데모를 시도하기 위한 학습으로 시작했다. 정치 상황은 여전히 살벌했다.

세미나를 하던 멤버 중의 한 명은 S대 사회학과 4학년이었고, 다른 한 명은 같은 대학의 체육학과 4학년이었다. 졸업 학기를 앞두고 데모 하겠다고 하는 것은 보통 결심이 서지 않으면 가능한 일이 아니다. 나는 이미 경험도 있고 해서 다시 시위할 엄두는 나지 않았다. 그리고 여성 한 명도 참석했는데, 그녀는 세미나를 정기적으로 참석하기보다는 가끔 참석해서 함께 술을 마시곤 했다. 세미나는 각자 집을 돌아가면서 했지만 주로 우리 집과 사회학과 신상수의 집에서 했다. 그 당시 우리는 주로 정세 분석과 향후 정국의 방향에 관한 이론서들을 많이 다루었다. 『전환 시대의 논리』를 쓴 리영희 교수의 책들과 한국 경제를 다룬 최호진 교수의 책, 한국 근대사에 관한 김용섭 교수의 책을 주로 읽었다. 사회 이론에 관해서는 미국의 진보적인 사회학자인 C. Wright Mills의 『사회학적 상상력』과 『파워 엘리트』를 집중적으로 읽었다. 당시 우리들의 지적 관심은 상당해서 그 당시 막 소개가 되기 시작한 독일 프랑크푸르트학파의 '비판이론'Critical Theory과 헤겔을 전반적으로 소개한 H. 마르쿠제의 『이성과 혁명』Reason and Revolution 원서를 열심히 탐독했다. 사회 이론서들은 비교적 이해하기 쉬웠지만 처음 접한 헤겔 철학을 소개한 『이성과 혁명』은 개론서임에도 불구하고 이해가 잘되지 않았다. 특히 법Recht을 Right로 번역해 놓았는데, 왜 이런 개념이 법철학을 다루면서 반복적으로 나오는지 알 수 없어서 애를 먹었다. 아마도 이때 부딪힌 어려움이 나중에 헤겔 철학을 전공하게 된 계기가 되었는지 모르겠다. 아무튼, 이런 책들이 법대생인 나에게는 생소한 편이었지만 사회학도인 신상수가 과 내에서 도는 독서 목록과 동향들을 많이 소개해주었다. 체육학과생인 복기호 군은 추상적인 이론보다는 현실 운동에 보다 관심을 많이 보였다. 그는 실제로 대림동 야학에서 노동자들을 가르치고 시위 현장은 거의 빠짐없이 참석하는 편이었다. 우리는 서로 간에 관심사와 편차는 있어도 거의 1년 이상을 꾸준히 세미나를 진행하면서 향후 진로에 대해 이야기도 많이 나눴다. 세미나가 끝나면 술을 많이 마신 편이었다. 그 당시는 정말로 술과 담배를 억수로 많이 마시면서 급박하게 돌아가는 사회와 대학가의 현실 이야기도 많이 나눴다.

"형, 오늘 인문대 쪽에 삐라가 뿌려졌어요. 시위가 확대되지는 않았지만 요즘 분위기가 심상치 않아요."

복기호 군의 말이다. S대생들하고 세미나를 하는 덕분에 S대 동향을 많이 듣는 편이다.

"Y대도 마찬가지야. 요즘은 검색도 더 심해진 것 같아. 내 경험에 비추어 볼 때 요즘 학생들의 분위기는 과거보다 훨씬 격렬해진 것 같아. 아마도 광주의 경험이 영향을 많이 미치는 것 같아."

"그렇지요. 광주사태는 대한민국의 민주화 운동에서 하나의 전환점이 될 겁니다. 이제는 광주 이전과 광주 이후로 운동사가 나뉘어질 거에요."

신상수가 예리하게 당시 정세를 분석한다.

"독재자들은 늘 국민과 국가를 이야기하지만 그들의 관심은 오로지 자신들의 권력 유지일 뿐이지요. 그들을 권좌에서 쫓아내지 않는 한 국민도 없고 국가도 없을 겁니다."라고 말을 하면서 복기호가 오른손을 살짝 들고 '투쟁, 투쟁!'을 외치는 흉내를 낸다.

"일단 혁명의 견인차는 젊은 엘리트 혁명가들이 되어야 할 겁니다. 과거의 모든 혁명 운동사를 통해서 볼 때 이것은 변함없는 진리이지요. 그런 의미에서 대학가의 운동을 좀 더 조직화하고 체계화하는 것이 중요하다고 봐요. 우리가 이런 세미나를 하는 이유도 그 일을 선도적으로 하기 위해서이지요."

신상수가 세미나의 목적이 시위 주도에 있음을 다시 상기시킨다.

"하지만 그렇게 소수 엘리트 중심으로 나가다 보면 일반 대중으로부터 고립될 위험도 크다고 봅니다. 엘리트주의는 철저히 경계할 필요가 있어요. 대중 속에서 대중과 함께하지 않는 운동은 결코 결정적 시기를 앞당길 수 없어요."

늘 체험적으로 시위에 참여하고 있는 복기호의 말이다.

엘리트와 대중의 관계는 우리에게 늘 고민할 거리를 안겨주었다. 과연 우리는 어디에 몸담고 무엇을 해야 할 것인가?

2001년 여름 나는 모종의 결단을 내려야 했다. 앞으로의 진로도 확정해야 하고, 현재 하고 있는 공부도 확실히 해야 한다. 지금 상태로는 지지부진해서 아무것도 할 수가 없는 느낌이 들었다. 그래서 나는 여름 방학을 이용해, 한 달 정도 외가 근처에 있는 암자에 가 있기로 했다. 그 당시 나의 관심사였던 책들을 한 보따리 들고 가 그냥 산속에서 책에만 파묻히고 싶었다. 외가가 있는 전라북도에 위치한 Y 읍까지의 동행은 친구 이은성 군이 해주었다. 그는 젊은 시절 내내 내 곁을 지켜주었다. 나중에 결혼해서 신혼여행을 갔을 때는 자신의 신형 소나타를 끌고서 무려 4박 5일 동안 동해안으로 함께 다니기도 했다. 절에서 공부하는 비용은 당시 모 신문사의 주필을 맡고 있던 최 모 집사가 대 주었다. 그는 나의 결심을 말하자 선뜻 10만 원짜리 수표 한 장을 내주었다. 나중에 여유가 있을 때 갚으라고 했다. 워낙 술을 좋아하던 그는 비교적 많지 않은 나이에 간암으로 죽었다. 빚을 갚지 못했다고 생각해서 두고두고 부담을 느꼈다.

Y 읍에 위치한 외가에 도착해서 먼저 큰 외숙부댁과 작은 외숙부댁에 들러 인사를 드렸다. 양가 외숙댁에는 내 또래의 사촌 둘이 있어서 그들과 어울리기도 했다. Y 읍은 비교적 조용한 동네였다. 근처에 Y 초등학교도 있었는데, 나는 그렇게 숲이 울창하고 아름답게 조성된 초등학교를 본 적이 없었다. 암자에 있을 때는 가끔 그 초등학교를 산책하면서 머리를 식히곤 했다. 암자는 외가의 뒤편 산에 위치해 있었다. 나이 든 스님이 운영하고 있었고, 젊은 보살이 여러 가지 수발을 했다. 한

여름의 산속은 나무들이 울창해서 한낮에도 서늘했다. 조용히 공부하기에는 딱 좋았다. 암자에는 나 말고도 고시 공부한다는 젊은 친구가 한 명 있었고, 떠돌이 중도 한 명 있었다. 아침에 식사할 때 흰죽 같은 수프가 먼저 나왔는데 다들 맛있게 그걸 먹었다. 하지만 나중에 알고 보니 수행하는 데 잡념이 들지 않도록 하는 정력 감퇴제가 들어 있다고 해서 그 이후로는 먹지 않았다.

의탁할 데가 없는 나이 많은 중들은 절에서도 반기지 않는 것 같았다. 암자에 함께 기숙하던 나이 많은 스님은 식사할 때 반은 눈칫밥을 먹었다. 내가 관여할 일이 아니라서 그런 일을 보아도 나는 의식적으로 외면했다. 그런데 하루는 이 스님이 어디 가서 술을 걸쭉하게 먹고 오더니 그동안 받았던 설움을 큰 소리로 푸는 것이다. 소리도 꽥꽥 지르고 발에 걸리는 물건들도 막 차고 그랬다. 그러더니 걸망을 메고 가면서 하는 말이 걸작이다.

"내가 땡중인가비…"

암자에 있는데 하루는 아주머니 두 분이 오더니 사주팔자를 보고 싶다고 했다. 그러니까 부엌에서 일하던 보살 아주머니가 앞치마에 물 묻은 손을 털고 나왔다. 보살은 생년월일과 난 시時 등을 묻고서 사주팔자를 보는 책자를 뒤적이면서 아주머니들의 사주를 봐주었다. 그 앞에서 연신 고개를 끄덕이는 아주머니들을 보면서 희한한 생각이 들었다. 한편으로 한 인간의 사주팔자 보는 게 너무 쉽다는 것이고, 다른 한편으로는 한 인간의 운명이 그렇게 미리 정해져 있다는 것이 납득이 가지 않았다.

하루는 소나기가 종일 내렸다. 밤중에도 그치지 않았다. 억지로 쓰러져 잠을 자고 있는데 갑자기 내 가슴 위로 무언가 지나다니는 느낌에 잠을 깼다. 큰 쥐 한 마리가 내 배 위에 올라와 있다가 내가 깨는 바람에 놀라서 달아난 것이다. 쥐는 내가 워낙 싫어하는 동물이다. 그 쥐가 다시 나타날까 봐 그날 밤 꼬박 새울 수밖에 없었다. 불빛 하나 없는 산중에는 소나기가 주룩주룩 내리고, 시커먼 쥐가 언제 또 나타날지 모르는 두려운 상황에 처하자 어쩔 수 없이 시간을 보내기 위해 나는 글을 썼다. 내가 사랑하고 싶었지만 더는 진도가 나가지 않았던 여인에게 장문의 편지를 쓴 것이다. 괴테의 『젊은 베르테르의 슬픔』을 연상시키는 이 편지는 그녀에 대한 나의 마음과 이제 막 시작하려는 철학에 대한 나의 아주 원초적인 생각을 담고 있었다. 그 편지는 이렇게 시작했다.

"나요, 이형이요.

놀랐죠? 전혀 기대하지 못했던 편지일 테니까. 그렇소, 나 역시 사전에 마음을 가다듬고 쓰고자 한 편지가 아니라 다소 얼떨떨하오. 그러나 왠지 당신에게 이 편지를 꼭 띄워야 한다는 생각이 들었소. 어제부터 몸살이 나서 그런지 오한이 나고 온통 몸이 쑤시오. 아무도 돌봐줄 사람 없는 외로운 산사에서 몸이 아프다는 것은 정말이지 육체적인 고통 이상으로 정신적인 고통이기도 하오. 그래서 어제는 낮잠을 무려 네 시간이나 잤소. 어제는 많은 꿈이 유달리 선명하게 기억되었소. 그 가운

데서도 아름다운 당신이 나를 힐책할 때의 고통이란… 그 꿈 내용은 대강 이렇소. X-mas를 전후로 해서 모두 즐겁게 놀 때 내가 당신 또래들 모임에 나타났소. 처음 박기호를 보고 그리고 송연창도 보았소. 그러나 당신이 그 자리에 있다는 생각이 들자 불현듯 자리를 피한 것이오. 당신을 만나고 싶지 않다는 생각 때문이오. 그러나 황급히 돌아서 나오는 나에게 당신이 수도 없는 욕을 해대는 것이오. 왜 여기까지 와서 자기도 만나지 않고 돌아가느냐, 비겁하다 등 당신 특유의 감정이 고양되었을 때 내뱉는 말은 너무도 모욕적이어서 참기 어려웠소. 잠에서 깨어난 후에도 고통스러운 육체와 더불어 뇌리에 선명히 박히는 당신의 기억이 무엇인가 이 편지를 쓰도록 한 것이오. 그리고 당신과 나 사이에 분명 정리할 것이 있다면 정리해야겠다는 것이 나의 생각이오."

편지는 이렇게 이어지고 있다.

"흔히들 꿈은 현실의 반영이라고 하오. 꿈속에서 기피하는 현상이 있다면 그것은 필시 현실 가운데에서 그러하기 때문이오. 언제부터인가 내가 당신에 대한 기대를 포기하자 당신은 나를 기피하기 시작했소. 처음 당신을 만나는 순간부터 당신은 나에게 천사처럼 귀여운 우상이 되었소. 그러기를 무려 반년, 내가 당신에게 쏟았던 지순 지고한 정열은 내가 생각하기에도 아름다운 것이었소. 당신도 나를 무척이나 따랐고 또한 그렇게 행동했소. 그러나 이렇게 꿈속에서 부유하는 사랑은 우리의 생각처럼 그리 오래가지 못했소. 지난해 여름, 나의 고통스러운 기억이 가득 채워지던 때에 당신은 나의 감정을 공감하기는커녕 전혀 상관없는 사람처럼 나에게 비쳤소. 당신은 가벼이 생각할지 모르겠지만 그때 내가 느꼈던 허망함이란, 자유가 차단되었을 때의 괴로움보다 더한 하늘이 무너지던 허탈함이었소. 그 뒤 뭐라고 할까. 당신이란 여자에게는 더 이상 깊이 빠져서는 안 되겠다는 생각이 나를 사로잡은 것이오. 당신이란 여자, 참으로 무서운 여자요. 남자의 혼을 송두리째 앗아가 버리는 악녀요.

당신을 향한 불타는 사모의 정이 차츰 식어 들자 당신의 모습도 달라지더군요. 아름답고 귀여운 작은 천사이던 예전의 당신은 이제 점차로 하나의 평범한 여자로 비치기 시작한 것이오. 아, 인간의 눈의 간사함이란 정말 모를 것이오. 한 얼굴이 지닌 두 가지 모습이 이처럼 천양지차로 변하다니, 우리는 항시 사물의 외관에서 비롯되는 착각 속에서 살아가는 가련한 미물인가 보오. 그러나 슬퍼하지는 않소. 오히려 다행스러운 것인지도 모르오. 당신이 언젠가 말하지 않았소? 당신에 대한 나의 기대가 깨질까 당신도 두렵다고. 비록 기대가 깨어지는 순간은 두렵고 고통을 수반할지라도 그러한 고통은 서로를 위해서도 반드시 넘어야 할 장벽이라고 생각하오. 너무 잔인한 말인지는 몰라도 우리는 그동안 미망 속에서 헤어나지 못했소. 또한, 이것을 아는 게 두려워서 더욱더 그렇게 행동했는지도 모를 일이오. 하지만 꿈에서 깨어나 비로소 맑은 정신을 지니고 당신을 직시했을 때, 당신의 모습은 이전의 천사는 아니었지만, 여전히 사랑스러운 여자였소. 이제는 좀 더 정돈된 마음가

짐으로 당신을 바라볼 수 있었으며, 더욱이 예전의 그것과는 질적으로 다른 애정을 품을 수 있었소. 당신은 언제나 내 마음의 태양이오. 해산의 난고를 겪고 난 후의 차분한 마음가짐으로 당신을 내 마음속에 받아들일 수 있다는 자신이 들었소."

그녀에 대한 나의 마음은 상당히 순수하고 순진했다. 여자 경험이 거의 없었던 나에게 처음 청년회 친교 모임에서 다가온 그녀의 인상은 아주 강렬했다. 그날 촛불만 켠 상태라 내 표정을 들키지 않은 것이 얼마나 다행인지 몰랐다. 그녀를 볼 때면 나의 마음은 한없이 설레고 기뻤다. 그런데 경찰서 유치장에 와서 그녀가 남의 일처럼 떠들던 모습을 보았을 때 그녀와 나 사이를 높은 절벽이 가로막고 있다는 느낌이 들었다. 그 이후 다른 이들에게 대하는 그녀의 모습을 보면서 내가 혹시 착각한 것이 아닐까라는 생각도 들었다. 그렇게 이성적으로 그녀를 판단하고 있었지만, 감정적으로는 쉽게 정리되지 않았다. 편지는 바로 이런 감정을 잘 표현하고 있다.

"그러나 불행히도 큐피드의 화살은 한 개로는 부족한가 보오. 당신을 향한 나의 화살로는 당신의 마음을 사로잡기에 크게 밑도오. 당신이 나를 피하기 시작한 것을 느끼기 시작했소. 그것이 나의 마음을 갈기갈기 찢어 놓는 듯한 아픔을 안겨줄 때마다 나는 나에게 잘못을 되돌리면서 애써 태연해지려고 했소. 당신에 대한 나의 정념도 순화시켜 절제하고 당신에게 보다 많은 기회를 주려고 했소. 올해도 거진 반년을 넘어섰지만 특히나 올해는 당신에게 연락하는 횟수도 크게 자제했소. 당신도 아마 괴이하게 생각했을 것이오. 그러나 나는 확신을 가지고 행동한 것이오. 당신에게 보다 많은 선택의 기회를 부여할지라도, 당신은 반드시 내게 돌아올 지혜로운 여자라고 나는 믿었던 것이오. 그러나 언젠가 당신이 내게 보이지 않으면 마음도 멀어진다고 말했던 것처럼 당신은 점점 더 내게서 멀어져만 가고 있었소. 전혀 기대와는 어긋나게 당신은 무분별할 정도로 당신의 사랑만 갈구하고, 목마른 사슴처럼 사랑의 샘만 찾아 헤매고 있는 듯하오. 정말 안타깝소. 당신이 어찌 나를 버릴 수 있소. 나는 당신에게 나의 순수한 혼을 바쳤소. 당신도 기꺼이 그것을 받아들였소. 언젠가 당신도 내가 한 것처럼 나에게 할 수 있기를 바란다면서.

그러나 당신이 갈구하는 사랑이 무엇이오? 나의 가슴을 안타깝게 하는 것은 당신이 찾고 있는 그 사랑의 샘의 내용물이오. 당신은 정녕 진실한 사랑을 찾는다 하지만 그것은 결코 순수한 사랑이 아니오. 내 눈에 비치는 것은 감각적이며 말초적인 언어의 유희에 당신의 순수한 혼을 흥정하고 있는 것이나 다를 바 없소. 왜 사랑을 세속적인 가치에 팔아 버리려고 하오? 보다 나은 대상, 보다 나은 사랑, 내가 당신이 믿는 신의 이름을 걸고서 이야기하되 결코 사랑에는 보다 나은 것이라고는 없다고 맹세하오. 사랑은 그 자체이오. 거기에는 조건이 붙을 수가 없소. 대가를 바랄 수도 없는 것이오. 더욱이 경제적인 가치에 사랑을 결부시키려고 한다면 정말 잘못 생각한 것이오. 황금의 신과의 교제는 정말이지 사랑의 탈을 가장한 가장 추잡하고 더러운 짓거리요. 사정이 이러할진대 왜 당신은 당신의 영혼을 그러한 것들과 결부시키려고 하오. 안타깝소."

사실 좀 더 냉정하게 생각한다면 그녀와 나는 어울리기 쉽지 않은 배경과 관심을 가지고 있었다. 그녀는 고등학교를 졸업하자마자 바로 회사에 들어갔다. 워낙 성격이 쾌활하고 사교성이 많아서 회사에서도 바로 인정을 받았다. 그녀는 70~80년대 한국의 건설 붐을 주도하던 건설회사에 다녔다. 이른바 잘 나가는 사람들 틈에 끼어있으니 그녀가 나에게 눈을 주기가 쉽지 않았을 것이다. 내가 빨리 현실적인 판단을 하고 그녀에 대한 마음을 접어야 했는데 그렇지 못했다.

편지는 단순히 한 여인에 대한 사랑의 감정만 담고 있는 것이 아니다. 모든 고통은 사물에 대한 깊이 있는 성찰을 요구한다는 것은 변함없는 진실이다. 이런 고통으로 인해 실존의 위기를 느끼면 더욱 자신의 내면을 들여다볼 수밖에 없다.

"당신으로 인하여 나는 지금 커다란 정신적인 진통을 겪고 있소. 내가 지녀 왔던 철학의 근본마저 뒤흔들리고 있소. '전체는 진리이다'는 헤겔의 말과 시민사회의 주축적 가치는 화폐의 신이 지배하는 물신주의임을 역설한 마르크스의 말이 묘한 조화를 이루어 나의 머리를 혼돈의 나락 속으로 끌어들이고 있소. 일찍이 내가 헤겔에 접하기 전에 나는 어떤 계기로 인하여 인간-개인-의 삶은 전체적 삶 속에서 비로소 조화와 생명을 얻는 것이라 확신했소. 해서 이러한 전체적 삶을 통한 인간 해방의 실현을 위하여 기꺼이 나의 작은 몸을 바치리라고 결심했소. 불교에서 말하는 소신성불燒燼成佛, 십자가의 고난을 통해 하나님의 나라를 건설하고자 하는 것이 나의 삶이며 인생관이라고 확신했소. 그러기에 나는 헤겔 철학에 접하는 순간 지적 안식처를 발견했다고 느낀 것이고 곧 마르크스의 실천 철학에 매혹당한 것이오."

초보적일지 몰라도 당시 나는 내가 무엇을 해야 할지 어느 정도 생각을 굳혔고, 새로 공부를 시작한 헤겔과 마르크스에 대한 직관적 이해를 하고 있었다. 그리고 이런 생각은 지난 1년 동안 유치장 동기들과 해온 세미나를 통해 상당 부분 강화되었다. 헤겔과 마르크스는 내가 본격적으로 철학을 하기 시작하면서 수행자의 화두처럼 나의 머릿속을 떠나지 않았다. 그들은 내 생각의 알파이자 오메가 역할을 했다. 나의 철학적 캐리어는 바로 헤겔과 마르크스라고 해도 과언이 아닐 것이다. 하지만 이성적으로 이해하는 철학과 감성적으로 느끼는 철학 간에는 차이가 없을 수 없다. 바로 다음에 이어지는 편지글에서 사랑에 좌절한 젊은 청년의 감성이 그대로 드러나 있다.

"그러나 인간의 사회적 삶을 구성하는 요소는 개인 대 전체, 고난과 행복, 육체와 영혼, 차안과 피안, 투쟁과 승리 등 단순히 이분법적으로 나열된 것이 아님을 깨닫기 시작했소. 예컨대 일 개인을 들추어 본다 할지라도 그에게 작용하는 변수는 경제적, 정치적, 사회적 그리고 환경적, 심리적 등의 수다한 것이 있소. 전체를 사상하고 단지 심리적 측면을 고찰할 때 우리가 발견하는 그 오묘하고 미묘한 움직임이란 우리를 매번 당혹스럽게 만드오. 더욱이 개인의 활동 및 사상의 흐름이 경제적으로 규정 받는 영역이 확대되어 감에 따라 전체와 관련이 커지고 동시에 그 역으로 고립을 자초하고 미분화된 심리적 고독이 증대되어 가는 것 등은 단순히 헤겔적 사유 양식으로는 파악하기 힘든 것이오. '전체는 진리이다'가 아니라 오히려 '개인은 영원히 개인일 수밖에 없다'는 숙명적인 절대 고립의 오뇌가 현대인의 뿌리를 이루고 있는 것이오. 한 인간의 사회 경제적인 규정 조건을 파악하는 것도 좋지만 그 이상의 심리적 정신적 소외감의 해결을 위한 진지한 노력도 간과할 수는 없는 것이오. 이러한 문제의 해결은 현재의 내 생각으로는 전체와 관련시킨 인간의 유적 본질의 실현이라는 마르크스적 접근 방식으로는 어려운 것이라 믿어지오. 정말이지 실존 상황에서 느끼는 개인의 자기의식 분열은 법증법적 운동에서 보여지는 자기의식의 지양이라는 언어의 유희로서 위안받을 수 없는 괴로운 것이오. 더욱이 모든 사람이 동등하게 느끼는 괴로움도 아니기에 그것이 더욱더 가중되는 것인가 보오. 키르케고르가 말하는 신 앞에 선 단독자의 처절한 사투라고나 할까, 이러한 현상이 오늘날 메카니즘의 차가운 환경 속에서 원자화된 개인이 물신주의를 헤어나지 못하고 좌절하는 아픈 경험의 진상이오. 이러할진대 우리가 어찌 절대, 전체라는 거대한 언어를 들먹이면서 유토피아의 아름다움을 노래할 것이오."

"전체는 진리이다."는 헤겔이 그의 주저인 『정신현상학』 '서문'에서 사용한 유명한 명제이다. 반면 이와 완전히 대조되는 '신 앞에 선 단독자'라는 명제는 키르케고르의 잘 알려진 명제이다. 그 둘은 전체와 개인을 각각 대변하는 사상가라고 해도 과언이 아니다. 그런데 나는 소나기가 밤새 내리던 산속의 암자에서 신앙 고백을 하듯 머리는 헤겔을 따르지만, 마음은 키르케고르를 따른다고 한 것이다. 게다가 마지막 구절은 이런 감성을 전도서의 구절을 끌어들여 더욱 확인시켜 준다.

"하물며 당신의 사랑도 그러하니 나의 마음은 심히 안타깝소. 전도서 기자의 말처럼 '헛되고 헛되며 헛되고 헛되니 모든 것이 헛되도다.' 사랑도 헛되고 진리도 헛된 것이니 해 아래 새로운 것이 없으니 이러다가 허무주의의 나락에 빠지지 않을까 두렵소. 당신이여, 이제 나를 잡아 주오."

한참 그녀를 향한 장문의 편지를 쓰다 보니 어느새 비도 그치고 하얗게 날이 새고 있었다. 우거진 숲에서는 산새들의 울음소리가 시끄러울 정도로 들리고 있었다. 내 머리도 점점 더 맑아지고 있었다.

인문학 수업

암자에 들어온 지 한 달이 다 되어가고 방학도 끝나가기 때문에 나는 다시 서울 집으로 돌아가야 했다. 오랫동안 수염을 깎지 않아서 턱수염이 많이 자랐다. 산에서 있다 보니 다소 거친 모습으로 변해 있었다. 서울로 올라가는 기차간에서 다소 달라진 나의 모습을 확인할 수 있었다. 서울로 복귀하자마자 2학기 등록을 마치고 수강 신청할 때 나는 법대 과목보다는 주로 문과대와 신과대 과목으로 수강 표를 짰다. 이제 심적으로도 법대와는 완전히 결별했다. 문과대에서는 영문과의 O 교수의 햄릿 강의를 신청했고, 사학과의 K 교수의 농업 경제사 강의도 신청했다. 사회학과에는 당시 새로 부임한 J 교수 수업을 신청했다. J 교수는 오랫동안 미국에서 교수 생활을 했고, 종교 사회학자로서 미국 대학 내 지명도가 높았다. 철학과 과목도 하나 신청했다. 철학과에서는 P 교수가 안식년이기 때문에 이화여대의 J 교수가 대신 강의하는 인식론 수업을 들었다. 그리고 신과대의 유명한 H 교수 강의는 그 이후로도 한 3학기 정도 들을 정도로 열심히 수강했다. 외부에는 많이 알려지지 않았지만, H 교수는 Y대가 자랑하는 천재였다. H 교수는 원래 교회사 전공이지만 다양한 분야에 대한 해박한 사고와 복잡한 문제들을 구조적으로 도식화하는 뛰어난 재주를 가졌다. 항상 만면에 웃음을 지으면서 거침 없는 입담으로 강의하던 H 교수의 수업을 제대로 이해는 못 했어도 지적으로 많은 자극을 받을 수 있어서 좋아했다. 그의 강의는 대학 입학 당시 강당에서 처음 들었을 때부터 강한 인상을 받았다. 변증법의 이중 부정을 이야기하면서 그것이 틀렸다고 하는 것이다. 부정의 부정이면 긍정이지만 그는 한 예를 들어 그렇지 않다고 했다. 내가 책상 위에 둔 물건을 잊는 것은 첫 번째 부정인데, 그 잊어버린 것을 다시 잊는 것은 두 번째 부정이다. 하지만 이렇게 이중 부정을 해도 책상 위에 물건이 있다는 것을 아는 것은 아니라는 것이다. 다소 황당한 논리지만 그때 그의 말은 나의 뇌리에 강하게 박혔다.

문과대에서 수업을 들을 때는 참으로 행복한 느낌이 들었다. 내가 정법대 4년을 다니면서 전혀 느껴보지 못했던 경험이다. 유일하게 정치학과의 L 교수 강의를 들을 때 한 번 경험했을 뿐이다. 긴 머리를 뒤로 넘기는 오드리 헵번 흉내를 내면서 "권력은 도취적이다."(Power is intoxical, Acton경)라고 외치던 L 교수의 정치학 강의가 그나마 나의 지적 욕구를 채워 주었을 뿐이다. 그 당시 법대 교수들은 각기 그 분야에서 이름을 날리던 교수들이었지만 내가 워낙 법대 과목에 흥미를 느끼지 못해서 수업을 제대로 듣지 않았다. 반면 문과대에서 수업을 들을 때는 상황이 달랐다. 지금은 행정관으로 바뀐 낡은 문과대 건물은 대부분 소강의실로 이루어져 있다. 기껏해야 열댓 명 정도 들어갈 수 있을 뿐이다. 덕분에 선생과 학생들 간의 공간적 거리가 가깝고, 학생들 상호 간에도 유대가 적지 않았다. 그 공간에는 대학의 낭만이 가득 차 있었다. 이런 좋은 인문적 공간을 행정 공간으로 바꾸어 버린 인간들이 지금 대학을 운영하고 있으니 대학이 기업화되지 않을 수 없게 된 것이다. 이 곳에서 나는 문과대 유명 교수들의 강의를 들었다.

앞서 언급한 사학과의 K 교수는 선비풍의 조용한 용모와 다르게 강의는 대단히 열정적으로 했다. 조선에도 자본주의 맹아가 싹트고 있었다는 것을 유물사관에 입각해 설명하던 모습이 대단히 인상적이었다. 나에게는 K 교수가 학생들의 수많은 질문에 대해 일일이 답변해주는 친절한 면모도 인상적이었다. 국문과에서는 당시 강사로 출강하던 『오발탄』의 작가 이범선이 '창작론'을 강의했다. 당시 나는 창작에 전혀 소질이 없다고 생각해서 중도에 포기했는데 두고두고 후회했다. 사회학과에 새로 부임한 J 교수의 수업도 열심히 들었다. 그는 1973년에 출간된 미국 사회학자 다니엘 벨의 The Coming of Post-Industrial Society 1973을 교재로 삼아 강의했다. 지금은 다니엘 벨의 이론이 너무나 당연하게 받아들여지지만, 당시 한국은 산업화 단계에 들어선 지 얼마 되지 않았고, 그 단계에서 벌어지는 독재와 자유, 인권과 같은 가치들을 둘러싸고 갈등이 첨예한 사회였다.

특히 1980년도에 일어난 광주사태는 많은 대학생에게 트라우마처럼 작용했다. 반면 테크놀로지의 환상을 자극하는 후기 산업 사회 이론은 우리 현실과 너무나 동떨어진 것 같아서 수업 시간 내내 그 선생하고 설전을 많이 벌였다. 돌이켜 보면 미국에서도 지명도가 높은 대학자에게 제대로 알지도 못하고 까불었다는 생각도 들겠지만, 그 당시 나를 위시한 학부생들의 문제의식은 대단했다고 할 것이다. 이 책은 산업 사회에서 후기 산업 사회로 넘어가는 사회 발전론을 설명하고, 지식과 기술이 후기 산업 사회의 계급 구조를 형성하는 데 큰 역할을 한다고 기술했다. 더 나아가서 이런 현상들을 설명할 수 있는 사회학적 개념과 사회 계획에 관심을 가지고, 궁극에는 누가 후기 산업 사회를 지배할 것인가라는, 지금 보면 대단히 상식적일 만큼 당시 상황을 기술하고 도래할 미래를 전망한 책이다. 하지만 그 당시 나에게 그 책은 버터 냄새가 물씬 풍기는 양키들 이론 정도로밖에 보이지 않았다.

"선생님, 그 책이 한국 현실과 너무 동떨어진 것은 아닐까요? 왜 우리가 이 책을 가지고 공부를 해야 하는지 도통 이해가 가지 않습니다."

남이 차려 놓은 상에 앉아서 감 놔라 배 놔라 하는 당돌한 형국이다. 이런 도전적인 자세를 보고 J 교수는 혀를 끌끌 찬다. 이건 완전히 우물 안 개구리 같은 쇼비니스트의 행태가 아니냐고 생각했을지도 모를 일이다.

"이 책의 내용은 선진국 미국에서 대단히 호평을 받고 있어요. 산업 사회의 현실과 도래할 탈 산업 사회에 대한 전망에서 이 책만 한 분석이 없지요. 지금 있는 현실만이 아니라 사회 발전의 전망에서 앞으로 다가올 사회에 대해 연구하는 이론도 중요하지요."

"하지만 선생님 말씀과 달리 현실 적합성이 없다고 한다면 한낱 공염불이 아닐까요? 한국의 현실을 보세요. 한국은 1960년대 세계 최빈국의 상황을 벗어나 수출 입국에 돌입하면서 저임금 과노동으로 엄청 시달리고 있지요. 가까운 구로 공단에 한 번 가보세요. 후기 산업 사회라는 것이 얼마나 뜬구름 잡는 환상이라는 것을 금방 알 수 있을 겁니다. 한국은 유신 독재를 거치면서 표현의 자유를 완전히 박탈당했고, 80년대에 들어오자마자 광주에서 무장한 군인들에 의해 수많은 시민이 학살당한 경험도 안고 있습니다. 이런 한국적 현실에서 명색이 사회학을 한다고 하면서 선진이론이라는 명목으로 엉뚱한 이야기만 늘어놓는다면 과연 그게 설득력이 있을까요?"

나의 당돌한 이야기에 많은 학생이 관심을 보이고 있었다. J 교수도 이 상황을 숙지하고 있었고, 이런 나를 꺾어 놓지 않으면 수업 시간 내내 시달릴지 모른다고 예감을 했을 것이다.

E 여대 철학과 교수인 J 교수의 인식론 강의는 대단히 흥미로웠다. J 교수는 인식 이론에 관한 일반 강의를 한 것이 아니다. 그는 매시간 간단한 명제를 제시하고 그것에 관해 A4 용지 한 장 정도로 학생들이 답변서를 써오도록 했다. 그리고 학생들 답변서를 읽으면서 함께 이야기하는 것으로 수업 시간을 채웠다. 요즘 식으로 말하면 완전히 토

론식 수업이라고 할 수 있다. J 교수가 첫 시간에 내준 숙제는 "자살로서 복수를 할 수 있는가?"였다. 이에 관해서 찬반을 선택해서 논증을 하면 된다. 나는 그것이 불가능하다고 했다. 복수는 그것을 지켜볼 주체가 있어야 하는 데 자살한 이후에는 전혀 볼 수가 없기 때문에 복수는 불가능하다는 논지를 적은 것이다. 그런데 J 교수는 이것을 보고 'Excellent!'라고 점수를 주었다. 내가 이 떡밥을 물고서 생각한 바가 있다.

"아, 나는 정말 철학이 맞는 거 같아."

나중에 학위를 받고 우연히 학회에서 J 교수를 만나 이 이야기를 했더니 전혀 기억하지 못했다. 거의 30년 전의 일이라 기억을 못 하는 것은 당연할 것이다. 하지만 그때 J 교수가 이끈 수업은 내가 철학의 문제의식을 탐구하는 데 상당한 영향을 주었다.

문과대에서 수업을 들으면서 인문학에 관심 갖는다는 것이 매우 흥미로웠다. 문사철과 같은 학문이 나의 관심과 체질에도 맞는 느낌이다. 문과대를 드나들면서 문과대의 전형적인 친구들과 많이 어울리기도 했다. 그들과 술도 많이 마시고 토론도 많이 하면서 문과대 분위기에 서서히 적응해 들어갔다. 하지만 나는 진로와 관련해 결정해야 할 일이 남아 있었다. 무엇보다 계속 공부하려면 대학원에 진학해야 한다. 일단 전공과 관련해서도 사회학과 대학원에 진학할 것인가, 아니면 점점 흥미를 갖게 된 철학과 대학원에 진학할 것인가를 결정해야 한다. 내가 집에서 대학원 학비를 보조받는 것은 현실적으로 힘들다. 그런 상태에서 대학원 입학시험에 합격한다 하더라도 어떻게 입학금과 등록금을 마련할 수 있을까가 걱정이었다.

1982년에 접어들자 대학가는 연일 데모가 일어났고, 대학가나 그 주변은 매캐한 최루 가스로 숨쉬기조차 힘들었다. 등교할 때는 마스크를 쓴 학생들이 호신용 무기를 들고 교문에서 짭새들이 들어오지 못하도록 막고 있었다. 대학은 이제 매일같이 전투를 치르는 전장戰場과도 같았다. 학생들의 마음도 점점 피폐해지는 느낌이 들었다. 무장한 짭새들이 최루탄을 터트리면서 학교로 밀고 들어오고, 그것을 막기 위해 돌팔매질을 할 때는 전쟁이 따로 없었다. 매일 그런 전투에 임하는 사람들에게 정상적인 심리 상태를 요구한다는 것은 무리일지 모른다. 강의는 수시로 휴강이 이루어져서 한 학기 제대로 수업을 한 기억이 요원할 정도다. 그 와중에 마음에 맞는 친구들끼리 모여 스타디하는 것이 유행이었다. 당시 세미나는 학생들의 일상적인 공부 방식이었다. 70년대에는 주로 학내 이념 서클에서 진행되었던 세미나가 80년대는 대부분 학생의 일상적인 공부 방식이었다. 80년대의 의식화 작업은 이렇게 선후배 동료 간에 이루어지는 세미나를 통해서 이루어졌다. 끊임없이 전투에 임할 전사를 배출하는 독특한 방식이었다. 한국의 70~80년대의 학습 방식은 세계의 투쟁사에서도 귀감이라 할 수 있을 정도였다.

당시 학생들의 학습에 대한 욕구는 대단했다. 워낙 책이 없었던 시대라 책에 대한 욕구도 컸다. 어쩌다 용돈이라도 생기면 바로 서점으로

달려가 평소 읽고 싶었던 책을 구입하곤 했다. 집의 책장에 책이 한 권 두 권 쌓이는 것을 보는 것도 낙이었고 자부심도 컸다. 그 당시는 단순히 욕구가 아니라 문제의식도 컸다. 왜 우리가 이렇게 살아야 하나, 왜 우리는 인간으로서의 보편적 권리인 자유를 제대로 누리지 못하는가, 왜 한국 사회는 이 모양 이 꼴인가, 이런 현실을 바꾸기 위해 대학생인 우리가 해야 할 일이 무엇인가 등으로 대단히 현실적인 문제의식들이다. 물론 이런 시대 현실에 전혀 관심을 두지 않고 노는 데 열중하는 낭만파나 아니면 출세가 보장된 고시 공부에 몰두하는 고시파들도 있었다. 이도 저도 아닌 학생들은 회색분자로 치부되곤 했지만, 그들 역시 시대 문제로 인해 마음고생을 많이 했다. 그 당시 치열한 대학 생활에 적응하지 못하고 목숨을 끊는 경우도 많았다. 한 마디로 요즘 학생들이 전혀 경험하지 못하고 공감하기도 힘든 대학 생활이었다. 단순 비교가 쉽지 않겠지만, 그 시대의 젊은이들에 비하면 요즘 학생들은 너무 나약하고 무책임한 것은 아닌가라는 생각이 들 정도이다.

이제 나에게 남은 학기는 마지막 한 학기다. 하지만 졸업하기 위해서는 2학년 때 F를 받은 형법 총론 수업을 재수강해야 했다. 마음은 이미 콩밭에 가 있는 내가 그 수업을 듣는 것은 상당한 고역이었다. 당시 형법 강의는 독일에서 학위를 받고 K 대에 있다가 Y 대로 옮긴 L 교수였다. 그는 학생들에게 관심을 많이 갖고 강의도 열심히 한다고 소문이 나 있었다. 방학 때는 독일어 특강을 하기도 했다. 아무튼, 제대로 강의실에 들어가지도 않은 상태에서 중간고사와 기말고사를 보는 것은 남들이 이해하지 못할 만큼 나에게는 힘든 문제였다. 예나 지금이나 나는 필이 꽂히면 만사를 제쳐 놓고 깊이 빠지지만, 관심이 떠나면 거의 돌아보지 않았다. 그래도 중간고사는 우여곡절 끝에 보았다. 그런데 마지막 기말고사는 시험공부도 제대로 하지 못했다. 울며 겨자 먹기로 광복관을 향해 올라가는 도중에 고시 공부하던 후배를 만났다. 그래서 그에게 대리 시험을 부탁했다. 나의 부탁을 거절하지 못한 그가 대신 시험장에 들어간 것이다. 그런데 사고가 터졌다. 그날 밤 후배에게서 다급한 전화를 받았다.

"형, 큰일 났어요."

전화기 너머로 들려오는 후배 목소리가 많이 떨리고 있었다.

"왜 그러는데? 무슨 일이야?"

"오늘 형법 총론 시험을 대신 보다가 감독관한테 걸렸어요."

"아니, 그게 어떻게 걸리냐?"

내가 어이없다는 듯 물었다.

"감독관으로 들어온 사람이 제가 기숙사에서 잘 아는 대학원 선배예요. 이 선배가 왜 공부 잘하는 내가 형법총론 수업을 듣느냐고 물었던 거예요. 내가 답변을 제대로 하지 못하자 이 선배가 중간고사 답안지와 필체 대조를 한 거예요. 꼼짝없이 걸린 거지요."

다른 강의도 아니고 형법 수업을 들으면서 대리 시험을 보게 했으니 완전히 빼도 박도하지 못하게 되었다.

"그래서 어떻게 됐냐?"

"일단 L 교수님 연구실로 오라고 했어요."

나중에 알게 된 사실이지만 모교 선배였던 또 다른 L 교수가 부정 사실을 알고서 당장 교수회의를 열자고 설쳤다. 하지만 과목 담당인 L 교수가 일단 당사자 이야기를 들어보자고 했다고 한다.

다음 날 부리나케 후배와 함께 L 교수 방으로 찾아갔다. 어떻게 변명을 할 수도 없는 상태다. 나도 나지만 고시 공부를 열심히 하던 후배는 무슨 잘못인가? 미안하기도 했지만 지금은 어쩔 수 없었다. 이 교수가 말을 했다.

"거두절미하고 두 학생 모두 자신의 잘못된 행태에 대해 반성문을 제출하게."

딱 그 한마디뿐이었다.

졸업 학기를 두고 반성문을 써야 하는 사태가 벌어진 것이다. 그래도 창피하다는 생각은 들지 않았다. 일종의 확신범의 신념인지 모른다. 나는 그때 나의 상황을 솔직하게 진술했다. 나의 관심은 이미 법학을 떠났다. 나는 앞으로 철학을 하겠다고 마음을 먹었다. 도저히 어쩔 수 없어 후배를 끌어들여 대리 시험을 보게 했다. 모든 책임은 나에게 있다. 이런 식으로 장문의 반성문을 썼다. 이런 나의 솔직한 반성문이 주효했는지 L 교수는 더 이상 대리 시험을 문제 삼지 않았다. 만약 또 다른 L 교수처럼 교수 회의를 열었더라면 어쩔 수 없이 최소 정학을 맞았을 것이고, 졸업도 할 수가 없었을 것이다. 그 일이 있고 나서 훨씬 나중에 L 교수를 교내 화장실에서 한 번 뵌 적이 있다. 그때 L 교수는 "철학 공부

재밌어?"라고 관심을 보였다. 두고두고 고마운 분이다. 나는 이 일을 경험하면서 어떤 사건이 벌어졌을 때 어떻게 행동하는 것이 지혜로운가를 배운 셈이다. L 교수는 당신이 구제한 학생이 먼 미래에 한국의 철학계에서 빛을 발할 수 있는 계기를 마련해 주었던 것이다.

졸업을 앞두고 대리 시험까지 보게 했지만, 참으로 나의 대학 생활은 험난했다. 1학년 때 당구에 빠져서 성적 불량으로 한 학년 유급하고, 그 이후로도 쌍권총을 수도 없이 찼다. 내가 지금 생각해도 왜 그렇게 무모하게 행동했는지 전혀 이해하기가 어려울 정도다. 나의 행동은 너무나 상식을 벗어나 있었다. 그 당시 '경제원론'이 정법대 필수 과목이었는데, 내가 이 과목을 무려 세 번이나 F를 받았다. 대학 1학년 1학기 때 정법대 학생 전체가 나중에 총장이 된 J 교수에게 '경제원론' 수업을 들었다. 상대 대형 강의실에서 그 수업을 들었는데 처음에는 인상적인 J 교수의 수업을 열심히 듣긴 했다. 그런데 1교시 수업을 듣기도 힘들고, 그 수업이 끝나자마자 상경대 뒤편에 있는 종합관에서 법학통론 수업을 듣고, 그것이 끝나면 다시 언덕을 한참 걸어 올라가 엘리베이터도 없는 종합관 5층에서 영어 수업을 들어야 했다. 몸이 불편한 내가 도저히 10분 안에 걸어서 이동하기 힘들어 수업을 자주 빼먹었다. 결국, J 교수에게 F를 받았고, 그다음 해에는 당시 유명한 경제 사학자인 C 교수의 수업을 들었다. 그때만 해도 이분이 그렇게 대단한 교수라는 것을 전혀 몰랐다. C 교수는 수업 시간에 자신이 쓴 문고판 『한국경제사』를 가지고 리포트를 내주었다. 하지만 나는 이 리포트를 제출하지 않아서 F를 맞았다. 세 번째는 노동 경제학을 하던 K 교수의 수업을 들었다. 그런데 기말고사를 볼 때 내가 모르고 시험 시간이 끝날 때쯤 시험 장소로 들어간 것이다. 얼마나 시험 보기 싫었으면 시험 시간까지 잊었을까? 그것도 세 번씩이나 재수강하는 수업을 말이다. 내가 원래 공간에 대한 지각 능력은 떨어져도 시간관념은 철저한 편이다. 그런데 한 시간 늦게 들어갔으니 변명하기도 힘들었다. K 교수가 자기 연구실로 따라오라고 해서 그 연구실 안의 교수 옆에서 시험을 보았다. 당시 나는 시험공부보다는 컨닝 페이퍼만 잔뜩 준비해갔는데 도저히 사용할 수가 없었다. 그래서 교수에게 리포트로 대신하면 안 되겠냐고 물었지만 교수는 일언지하에 거절했다.

"어, 그래? 그럼 F지. 시험지 두고 그냥 나가게."

변명할 것도 없이 또 F를 받은 것이다. 도대체 어떻게 한 과목을 세 번씩이나 F를 받을 수 있을까? 내가 경제학을 싫어한 사람도 아닌데 경제원론 한 과목에서 무려 세 번을 F 받았으니 내가 생각하기에도 어이가 없다. 내가 나 자신을 믿을 수가 없을 정도다. 아마도 이런 경우는 전무후무할 것이다. 어쨌든 나는 경제학과의 세 교수한테 한 마디로 돌림빵을 당한 셈이라 할 수 있는데, 물론 모두가 나의 책임이었다. 운 좋게 졸업 학기 때 경제원론이 선택으로 바뀌는 바람에 간신히 졸업할 수가 있었다. 내가 대학 생활을 이런 상태로 보낸 것은 한편으로 최악의 경우라고 할 수 있지만, 다른 한편으로 그 당시 나에게는 길들여지지 않은 야성이 충만했다고 볼 수도 있을 것이다. 누구에게도 그리고 어떤 규칙도 내가 원하지 않으면 따르지 않겠다는 고집 말이다. 하지만 이런 성적표를 가지고 내가 법대에서 생존한다는 것은 하늘의 별 따기 마냥 힘들었고, 나 자신을 부적응자로 낙인찍은 것이나 다름없었다. 나중에 철학과 대학원에 가보니까 나 못지않게 권총을 많이 찬 동기가 있었다. 그는 훨씬 뒤 독일에서 학위를 받은 다음 교수 임용 면접시험에서 권총이 너무 많아 불가하다는 이야기를 들었다고 한다. 그가 칸트 철학자로 유명한 김봉한이다. 타 과에서는 흠집이 되는 것이 철학과에서는 훈장으로 간주되던 낭만적 시대였다.

다시 강의실로

다시 돌아온 대학 생활은 예전과 달리 흥미진진했다. 예전에는 울며 겨자 먹기로 강의를 한 면이 없지 않았다. 하지만 대학 바깥의 생활을 경험하다가 돌아온 지금은 젊은 학생들에게 내 이야기를 마음대로 떠들 수 있다는 것 자체가 흥미로웠다. 내 시간의 대부분은 1주일 12시간이나 맡은 강의를 중심으로 돌아갔다. 이번 학기에는 내가 기획한 〈논증과 비판〉이 단과대 특성화 수업 3년 기한으로 채택이 됐다. 이 수업은 '형식 논리학' 강의와 달리 논증Argumentation과 관련한 토론 수업이었다. 지금은 교수가 일방적으로 강의하던 시대를 벗어나 학생들 간에 문제를 가지고 토론 수업 형태로 이루어지는 경우가 많았다. 덕분에 과거의 이념 서클과 달리 토론 관련 학회가 학생들의 인기를 많이 끌었다. 이 토론 서클의 몇몇 학생들은 각종 형태의 토론 대회에 출전하는 경우도 있었다. 뛰어난 학생들은 전국 대회 규모의 토론 대회에서 아예 내놓고 상금 사냥하러 다니기도 했다.

나는 일찍부터 난청으로 인해 청력이 좋지 않고, 젊은 시절 흡연도 많이 해서 목소리도 좋지 않은 편이다. 그럼에도 우수한 학생들을 끌고서 논증과 토론 그리고 비판 중심의 강의를 무려 11년이나 끌어갔다. 이 강의는 2016년 내가 몽골의 H ICT 대학으로 옮겨갈 때까지 유지하다가 다른 강사에게 넘겨주었지만 2년을 넘기지 못하고 폐강되고 말았다. 강의의 전반부는 주로 응용 논리와 논증 이론을 중심으로 간략하게 이론 강의를 한 다음 후반부에서는 본격적으로 난상 토론을 유도했다. 이 수업을 통해 강의 교수인 나도 많이 배웠다. 논증을 특별히 좋아한 나 역시 이 수업을 통해 단련되었다고 할 수 있다. 내가 이 수업을 시작할 때 반드시 요구하는 것이 두 가지가 있다. 하나는 목소리 관련한 것이고, 다른 하나는 자기소개서이다.

"여러분, 프레젠테이션이나 토론을 하는데 절대 필요한 것이 뭔 줄 아세요? 목소리예요. 맑고 깨끗한 목소리, 볼륨이 풍부한 목소리가 중요하지요. 그래서 전문 토론가들이나 성악가들은 특별히 목소리 관련해서 훈련을 받기도 하지요. 한국의 판소리 명창들도 폭포 앞에서 목소리 훈련하는 걸 영화에서 본 적이 있지 않나요? 그런데 여러분들은 굳이 그런 곳을 갈 필요가 없어요. 그냥 나를 상대로 이야기할 때 한 톤을 높이기만 하면 됩니다. 그러면 여러분들은 자연스럽게 목소리 훈련을 하게 되고, 나는 여러분들의 말을 좀 더 잘 들을 수 있지요."

토론 수업에서 이런 이야기를 하는 선생은 아마도 나를 제외하고는 없을 것이다. 학생들은 나의 이런 말을 들으면 배꼽을 잡고 웃는다.

두 번째 요구사항은 자기소개서이다. 강의 첫째 주는 일종의 탐색 기간이라 마음에 안 들면 다른 강의로 옮겨갈 수 있다. 그렇기 때문에 강좌를 유지하려면 첫 주에 학생들 비위를 맞춰 줄 필요가 있다. 그런데 나는 오히려 첫 주부터 학생들에게 과제물을 요구했다. 내가 의도적으로 학생들의 수강 철회를 유도하기 위해서다. 토론 수업을 제대로 하기 위해서는 학생들이 너무 많으면 곤란하다. 내 경험에 비추어 본다면 20명 안쪽이 적절하다. 그런 의미에서 내가 두 번째로 요구하는 과제는 3분 동안 지속되는 자기소개서다. 이것을 통해 나는 수강생의 정보와 수업에 대한 관심도를 파악할 수가 있고, 학생들에게는 이 자기소개서를 가지고 프레젠테이션을 유도함으로써 무대에 대한 공포를 없앨 수 있다. 오랫동안 이 강좌를 이끈 내 경험에 비추어 보면 이 자기소개서가 절대적으로 효과가 있다. 어떤 경영학과 여학생은 이로 인해 자신이 무대 공포증을 벗어났다고 하고, 나중에 로스쿨에 합격한 다른 학생은 첫 시간의 특별한 경험으로 인해 수업 내내 흥미로웠다는 이야기도 했다.

나는 이 토론 수업에서 적절히 짝을 지어 난상 토론을 유도했다. 이런 토론은 길거리 싸움과 마찬가지로 개인의 역량과 준비를 총동원해 싸우는 것이고, 그 결과는 내가 혼자 판정하는 것이 아니라 수업에 참석한 다른 모든 학생의 평가 점수로 결정했다. 이렇게 토론에 임하는 학생들 자신에게 모든 문제를 일임하고 다른 학생들의 토론을 진지하게 평가를 하다 보니 학생들의 토론 역량이 비약적으로 발전했다. 이 점은 나만이 아니라 학생들 스스로 인정한 결과이다. 내가 수많은 강의를 맡아 보았지만, 이 〈논증과 비판〉 수업은 나름대로 가장 보람차다는 생각이 들었다.

3, 4학년을 대상으로 하는 전공 강의인 칸트 수업 역시 내가 공을 많이 들였다. 이 수업은 지방의 소도시에서 진행이 되었지만 나는 1주일에 한 번씩 여행하는 기분으로 다녔다. 두세 번의 수업을 통해 강의의 대략적 틀을 잡았고, 이번 주부터는 본격적으로 칸트 철학의 내용을 다루게 될 것이다. 서울에서 내려오는 학생들도 있지만 대부분은 이 도시에서 자취를 한다.

칸트 철학은 근대 철학에서 대단히 중요한 철학자다. 그의 철학은 하나의 거대한 호수로 비유되기도 한다. 그 이전의 철학이 그의 철학으로 몰려들고, 그 이후의 철학은 그로부터 흘러나가는 호수의 이미지에 그의 철학이 딱 어울린다. 칸트의 철학으로부터 철학은 본격적으로 아카데미권에 정착을 한다. 그 이전의 철학은 아마추어들의 철학, 거리의 철학, 살롱의 철학이었지만, 칸트의 철학은 비로소 프로의 철학이 무엇이고, 그것을 어떻게 체계화시킬 수 있는가를 보여주었다. 그런 의미에서 철학을 공부하겠다고 마음을 먹은 학생이라면 높고 험한 산을 등정하듯 칸트의 철학과 대결을 해야 한다. 근대를 경험한 지금 칸트 철학은 저 근대를 상징하는 대표적인 철학 중의 하나이다.

두 차례 정도 지나고 보니까 이제 나의 칸트 강의에 학생들이 점점 몰입하는 느낌이 느껴진다. 강의하다 보면 느낌과 시선이 몸에 와 닿는 순간을 경험한다. 학생들 책상 위에는 백종현 선생이 번역한 하늘색 바탕의 하얀색 장정으로 만들어진 두툼한 『순수이성비판』 한글 번역본이 올라와 있고, 이 『순수이성비판』 해설서로 잘 알려진 고트프리드 회페의 번역본을 올려놓은 학생도 보인다. 20년 전 우리가 칸트 철학을 공부할 때는 활자가 빽빽한 최재희 선생의 번역본을 사용했고, 해설서도 별로 마땅한 것이 없어서 아주 기본적인 번역서를 가지고 공부했다. 내가 앞자리에 앉은 학생에게 질문을 한다.

"칸트가 '순수이성비판'이라고 했을 때 그것이 무슨 의미지요? 무엇이 순수Rheinheit이고, 무엇이 이성Vernunft이고, 무엇이 비판Kritik을 의미하나요?"

철학과 3, 4학년 대상으로 진행하는 수업이기 때문에 당연히 이런 질문을 할 수가 있다. 하지만 아직 준비가 되어 있지 않은지 학생이 다소 당황해한다.

"아, 선생님. 죄송하지만 제가 그걸 알고 싶어서 이 수업에 들어온 겁니다."

이 학생이 재치 있게 내 질문을 얼버무린다.

"물론 그렇겠지. 그래도 서당 개 3년이면 풍월을 읊는다고 철학과 3, 4학년이면 이 정도는 대답할 수가 있지 않을까?"

"칸트는 혹시 결벽증이 있는 것은 아닐까요? 지나치게 순수를 따지고, 원칙을 따지는 것을 보면 충분히 그런 합리적 추정을 해볼 수 있지 않을까요? 칸트는 쾨니히스베르크의 주민들이 그의 산책 시간에 맞춰 시간을 맞추었다는 일화가 있을 만큼 아주 규칙적으로 산책을 했다고 하잖아요."

간단한 직관이지만 이런 생각을 따지고 들다 보면 얼마든지 칸트의 사상에 접근할 수도 있을 것이다.

일단 학생들에게 칸트 철학의 문제의식과 배경, 그리고 그가 시도하고자 한 사유의 혁명 내용 같은 것을 개론적으로 설명해줄 필요가 있다. 전체에 대한 그림이 그려져야지만 그의 철학의 세부적인 미로를 탐색할 수 있기 때문이다. 독일관념론의 시대를 연 칸트는 쉽게 해결되지 않는 철학적 딜레마 상황에 처해 있었다. 한편으로는 대륙의 합리론rationalism이고, 다른 한편으로는 영국의 경험론empiricism이다. 예나 지금이나 섬나라인 영국과 대륙 간에는 이질적인 흐름이 강하다. 단일 유럽 공동체EU를 만들어보자고 외쳤지만 결국 영국이 탈퇴한 것은 대륙과 독립적으로 유지해온 오랜 뿌리가 있었기 때문이다. 영국은 섬나라이기 때문에 상업과 해양 무역이 발달할 수밖에 없다. 거래를 하다 보면 서로 다른 거래의 관행이나 규칙 그리고 법규 등의 차이를 경험할 수밖에 없다. 이런 차이를 극복하기 위해 타협하고 조정해야 하는 것은 지극히 당연한 처사이다. 그리고 그런 일은 어떤 독단적인 이성보다는 경험과 상식에 의존할 수밖에 없다. 그런 의미에서 영국에는 일찍부터 경험주의적 전통이 발달했다. 프랜시스 베이컨이 중세의 오랜 기간 유럽인들의 사고를 지배했던 아리스토텔레스의 연역 논리를 깨고 경험

논리에 기초한 '노붐 오르가논'(새로운 논리)을 주장한 것도 이러한 사회·문화적 배경에 뒷받침되었기 때문에 가능했을 것이다.

반면 프랑스나 독일로 대변되는 대륙의 합리론자들은 우연적이고 상대적인 경험보다는 수학적 논증처럼 순수하고 필연적인 이성의 논리에 익숙했다. 일찍이 근대 철학의 지평을 연 데카르트가 그랬고, 그 뒤를 이은 스피노자와 라이프니츠 모두 연역 논리를 강조했다. 합리론자들은 여전히 실체니 영혼이니, 신이니 존재니 하는 전통 형이상학에서 사용하는 개념들을 쓰고 있었다. 사유하는 자아Cogito를 정립하면서 신을 밀어낸 데카르트에게도 신은 유한 실체인 코기토를 보증하는 무한 실체이다. 실체Substance란 "그것이 존재하기 위해서 다른 어떤 것을 필요로 하지 않는 것"을 의미한다. 대륙의 합리론자들은 이런 실체에 대한 이해의 차이를 가지고 갈라진다. 가령 데카르트에게 실체는 무한 실체인 신과 유한 실체인 연장res extensa으로서의 물질과 사유res cogitans로서의 정신인 세 가지 실체가 있다. 스피노자는 자기 스스로 존재하는 것은 오로지 자기원인Causa sui이자 무한 실체인 신일 뿐이고, 사유와 연장은 이 신을 표현하는 속성으로 간주한다. 스피노자 보다 다소 늦은 라이프니츠는 모나드Monad라는 개념을 끌어들여 다원론을 주장한다. 모나드는 우주에 무수히 많이 존재하는 실체이다. 이러한 모나드들은 창이 없지만, 우주를 반영하는데 존재 등급에 따라 하이어라키hierachy를 이루고 있다. 일종의 형이상학적 가설이라고 할 수 있는 합리론자들의 실체설은 존재에 대한 각기 다른 설명이 될 수는 있지만 증명이 불가능하다는 한계가 있다. 칸트는 이를 독단론Dogmatism이라 비판한다.

경험론자인 로크도 외계의 알 수 없는 실체 X를 말한 적이 있다. 반면 버클리는 알 수 없는 것을 왜 전제하냐고 하면서 그것을 표상하는 지각으로 환원시켜 버렸다. 여기서 "지각이 곧 존재이다."Esse est percipi 라는 버클리의 유명한 명제가 나왔다. 20세기 유명한 초현실주의 작가인 살바도르 달리의 작품을 보다 보면 버클리의 의식이론의 영향이 곳곳에서 보인다. 데이비드 흄은 이 실체를 아예 지각의 다발bundle 정도로 생각했다. 그에게 실체는 합리론자들이 주장하는 것과 달리 아무런 필연성이 없는 것이다. 합리론자들은 영혼을 하나의 불멸의 실체로 가정했지만, 데이비드 흄은 그런 불멸은 없고 단지 수많은 기능으로 역할 하는 지각의 다발만 존재한다고 주장한 것이다. 흄의 이야기를 그대로 밀고 나가면 인간 영혼의 정체성 혹은 동일성을 주장하기가 어렵다. 흄의 주장은 결국 회의주의Sceptism로 이어지고 만다. 합리론이 '독단'에 빠졌다면 경험론은 뿌리치기 힘든 '회의'에 빠졌다. 경험론과 합리론은 서로 다른 사유 전통을 유지하고 있고, 서로 간에 대화도 거의 없었다. 칸트는 이렇게 상반된 사유의 다른 전통이 안고 있는 딜레마를 어떻게 해결하느냐를 자기 철학의 과제로 삼았던 것이다.

지금까지 설명한 경험론과 합리론의 각기 다른 모습에 대해 학생들도 수긍하는 눈치다. 내가 "이해가 됩니까?"라고 질문을 하자 "예. 아주 재미가 있습니다."라고 맞장구를 친다. 그들 역시 칸트가 처한 문제 상황이 충분히 공감된 것이다. 문제 상황을 이해하면 해결 방식도 찾을 수가 있다. 많은 경우 문제를 문제로 이해하지 못하기 때문에 문제 상황에 빠져서 허우적거리는 것이다. 칸트의 『순수이성비판』 서문에는 이에 관한 유명한 예가 설명되어 있다. 어떤 사람이 숫 염소의 젖을 짜려고 하니까 다른 사람이 그 밑에 통을 받치더라는 것이다. 숫 염소에게서 젖이 나올 리도 만무지만 그것을 모르고 그 젖을 받겠다고 통을 받치는 사람은 또 무엇인가? 많은 경우 철학적 문제들이 이런 식으로 만들어지고 있다는 것을 칸트가 풍자한 것이다. 20세기의 뛰어난 철학자 비트겐슈타인은 이런 상황을 빗대 '파리통 속의 파리'로 묘사한 바 있다. 부처도 인간의 실존을 고통으로 보고, 중요한 것은 어떻게 이 고통을 벗어나게 할 수 있을까를 제일의 과제로 삼았다. 그가 말한 불교의 핵심이라 할 수 있는 사성제四聖諦와 팔정도八正道는 고통의 원인과 처방이라 할 수 있다. 이를 바탕으로 나온 연기緣起와 무아無我는 불교의 핵심 사상이다. 마찬가지로 칸트에게서도 중요한 것은 이 딜레마적인 상황을 정확히 이해하고 그것을 푸는 해결 방식이었다.

강의가 다소 추상적으로 이루어지다 보니 학생들의 집중력이 떨어지는 느낌이 들었다. 마침 강의 시간도 끝날 때쯤이라 그 정도에서 마칠 수 있었다. 이날은 원주에서 선생들끼리 회식이 있다. 서울에서 멀리 출강하는 강사들을 위해 철학과의 과장 교수가 한 턱을 사는 날이다. 술을 마시고 뒤늦게 버스 편을 이용해서 올라가는 선생도 있고, 차를 몰고 내려오는 선생은 음주는 하지 않고 올라간다. 이때 그이의 차에 편승해서 올라갈 수도 있다. 예나 지금이나 술자리는 즐겁다. 여러 사람을 만나서 이야기하는 것이 즐겁고, 술 한 잔 들이켜면서 편한 마음으로 대할 수 있는 것도 즐겁다.

"L 선생, 요즘 늦게 배운 도둑질에 날 새는 줄 모른다고 하더니 그렇게 공부하는 게 재밌어요? 논문 열심히 쓴다고 소문이 자자하던데요?"

선배 교수가 덕담 수준으로 말을 건넨다.

"별말씀을요. 뒤늦게 다시 시작한 공부를 따라잡느라고 애를 많이 쓸 뿐이지요."

서울에서 내려오는 강사들의 수업 시간이 다 다르기 때문에 한꺼번에 만나기는 쉽지가 않다. 오늘은 그래도 많아서 5명이나 참석했다. 개중에는 독일서 학위를 마치고 돌아온 지 얼마 안 되는 선생이 있었고, 또 한국 철학을 하는 후배도 있었다. 이 선생은 퇴계의 철학을 전공하면서 동시에 퇴계의 정신을 따라 작시作詩도 잘했다. 그는 술자리에서 자기가 지은 시라고 하면서 낭독도 하곤 했다. 작시를 특별히 어렵게 하지 않고, 소재도 주변의 일상에서 찾은 것들이라 이해하기도 어렵지가 않았다. 그가 시 한 수를 뽑고 나서 바로 노래도 한 곡 부른다. 술자리의 분위기가 서서히 달아오른다. 여기저기서 장단 맞추는 젓가락 두들기는 소리도 난다. 서울에서는 오래전에 사라졌던 분위기가 소도시인 이곳에서 다시 기억을 일깨운다. 다들 같은 대학의 철학과 선후배로 이루어져 있어서 술 몇 잔 들어가면 그냥 형 동생 하는 사이다. 한국인들은 어디를 가든 이런 끈끈한 분위기가 술자리를 매개로 이어지는 것이다. 이날 늦게까지 술자리를 이어가다가 거의 밤 10시쯤 돼서 헤어졌다. 나는 마침 서울로 귀환하는 후배 차를 탈 수 있었다. 그는 독일의 아우토반에서 단련된 운전 솜씨가 대단해서 나는 믿고 잠시 눈 좀 붙였다. 그런데 별로 잔 것 같지도 않은데, 그가 말한다.

"형, 집에 다 왔어요."

벌써 내가 사는 아파트에 도착한 것이다. 덕분에 아주 편하게 왔다.

　지방의 소도시로 출강하는 수업은 힘들기는 했지만 그래도 즐겁다는 느낌을 많이 받았다. 일 주일에 한 번씩 여행을 다니는 기분을 즐겼다. 서울에서 여러 일로 스트레스를 받다가 이렇게 한 번씩 서울을 떠날 수 있다는 것이 좋았다. 서울과는 전혀 다른 분위기였고, 소수의 학생을 상대로 전공 강의를 하는 것도 좋았다. 학자는 어떤 경우든 논문을 써야 하고, 그러기 위해서는 연구를 해야 하는데 이런 전공 강의가 도움이 된다. 전임과 시간 강사의 차이가 여럿 있지만, 그중에서도 가장 큰 것은 전임은 우수한 학생들을 데리고 학부 전공이나 대학원 수업을 이끌어 갈 수 있는 반면 강사들은 그저 피상적인 교양 과목만 담당하는 것에 있다. 전임은 강의를 논문 쓰기로 연결시킬 수 있는 기회가 많은 반면, 시간 강사들은 교양 과목 수업 준비만 하다가 허송세월 보내는 경우가 많다. 내가 이런 강사들의 약점을 보충하기 위해 학위 논문을 쓰는 학생들의 멘토로 이어주면 어떨까 하는 제안도 해보았지만 아쉬울 것 없는 전임들은 그저 귓전으로 들었다.

　오늘은 지난 시간에 이어서 칸트 철학의 문제를 계속 강의한다. 지난 시간에 칸트 철학이 직면한 딜레마까지 다뤘다. 이번 시간에는 그것을 칸트가 어떻게 푸는지를 다룬다. 칸트가 보기에 경험론은 모든 것을 경험적 인상들의 다발로 보다 보니까 합리론자들이 말하는 '필연성'을 어디서도 찾아볼 수가 없다. 때문에 이런 주장은 회의론Sceptism에 빠지게 되고, 학문의 객관성도 확보하기 힘들어진다. 반면 합리론은 실체가 무엇인가를 둘러싸고 논쟁하지만, 그것은 여전히 증명되지 않는 전제에 기초한 독단론Dogmatism에 그칠 뿐이다. 그리하여 회의론과 독단론을 피해 학문-이 학문에는 당대의 뉴턴 역학도 포함되고, 필연성의 학문인 수학도 포함된다-의 객관성을 확보할 수 있느냐가 칸트의 문제였다. 문제를 이렇게 정립하자 이제는 그것을 어떻게 해결하느냐가 중요하다. 여기서 칸트는 유명한 '코페르니쿠스 혁명'의 전략을 끌어들인다.

잘 알다시피, 코페르니쿠스는 당시까지 유지되어왔던 톨레미의 항성 이론에 대해 반대했다. 성경에 따라 지구를 우주의 중심으로 놓고 태양계를 설명하려고 하니까 너무나 맞지 않는데, 이것을 뒤집어 태양을 중심으로 놓으니까 모든 것이 잘 설명된 것이다. 이런 의미에서 주어와 술어를 완전히 뒤집어 놓는 전략이다. 나는 종종 칸트 철학을 대하면서 그가 대단히 영리하다clever는 느낌을 많이 받는다. 그는 여기에서 '발상의 전환'을 시도하고 있다. 문제가 잘 안 풀릴 때는 이렇게 시점을 바꾸고 발상 전환을 시도하려는 태도가 중요하다. 완전히 시각을 바꾸어 보면 대상도 달라질 수 있는 것이다. 그런 의미에서 칸트는 인식의 주체와 객체(대상) 간의 관계를 전도시킨 것이다. 경험론자처럼 항시 대상 의

존적으로 사유할 경우 언제나 상대주의와 회의주의, 확률주의의 한계를 벗어날 수가 없다. 이 점에서는 이성을 중시한 합리론자들의 전략이 훨씬 유효하다 할 것이다. 태양이 우주의 중심이듯, 인간 이성이 지식과 과학의 주체가 되도록 한 것이다. 그렇다고 해서 경험의 중요성을 칸트가 무시하는 것은 아니다.

나는 다시 한번 학생들에게 칸트의 전략을 학생들이 이해하는지를 물어보았다.

"여러분들, 칸트가 시도하고 있는 전략의 의미를 충분히 이해할 수 있습니까?"

"네, 적어도 여기까지는 칸트의 전략이 분명하게 이해가 됩니다. 선생님의 탁월하신 강의 때문인 듯합니다."

한 학생의 아부성 발언이지만 듣기 싫지는 않았다. 나는 계속 강의를 이어간다.

"칸트의 '영리함'은 또 다른 면에서 나타납니다. 칸트는 인간 이성에게 인식의 주도권을 넘겼지만, 그냥 무제한적으로 그 권리를 인정한 것이 아닙니다. 여기서 칸트의 저 유명한 '이성 비판'이라는 법정이 등장합니다. 이것은 인간 이성에 대한 냉철한 비판을 통해 인간 이성이 가능한 것과 불가능한 것을 구분하는 전략이라 할 수 있습니다. 그리하여 칸트는 인간의 인식 능력을 감성과 오성 그리고 이성 세 가지로 구분합니다. 칸트의 이런 구분은 종래의 철학자들이 인식 능력을 감성Sinnigkeit과 이성Vernunft으로 양분했던 것에서 한층 심화시켜 경험주의자들이 사용하던 오성Verstand을 끌어들인 것입니다. 여기서 우리는 애덤 스미스가 노동 분업의 효율성을 강조했던 것을 연상할 수 있습니다. 중세처럼 작업 공정 전체를 마스터(장인)가 다 관장하는 것이 아니라 전문 영역을 구분하고, 그 영역을 넘어서지 못하게 하는 것입니다. 마찬가지로 칸트는 외계에서 인식의 재료를 받아들이는 감성의 능력과 과학의 범주로 이 재료를 재단해서 인식을 만드는 오성의 능력을 나눕니다. '직관이 없는 오성은 공허하고, 오성이 없는 직관은 맹목적이다.'라는 그의 유명한 명제가 인식의 두 가지 능력의 차이와 역할을 보여줍니다. 그런 의미에서 칸트에게 인식은 감성과 오성의 합작품이라 할 수 있습니다. 앞서 이야기했듯, 이러한 인식은 종래의 형이상학자들이 생각하듯 무제한적인 것이 아닙니다. 과거의 형이상학자들은 이것을 무제한적으로 추론했기 때문에 이른바 독단론에 빠진 것이지요."

잠시 물 한 모금으로 목을 축이고 내 강의는 계속 이어진다.

"칸트는 분업의 생산성에 주목한 근대 경제의 이론과 마찬가지로 인식의 각각의 능력에 역할을 지정해주고, 그 결과에 대해서는 한계를 밝혀주었다고 할 수 있습니다. 다시 말해 과학적 사유를 가능하게 하는 오성의 범주들은 경험적으로만 사용할 수 있다고 해서 그 한계를 분명히 한 것입니다. 근대식 공장의 분업에서는 누구도 자기에게 주어진 작업을 넘어설 수 없습니다. '이성 비판'은 오성의 월권을 제한하기 위한 전략입니다. 사실 이러한 월권, 칸트식으로 말하면 초월Transzendenz은 인간 이성의 숙명이라고 할 수 있습니다. 이미 아리스토텔레스도 그 자체를 알고 싶어 하는 호기심thaumazein이 형이상학과 과학을 가능하게 한다고 밝힌 바 있지요. 인간의 의식은 늘 현재에 만족하지 않고 자기 자신을 넘어서고자 합니다. 칸트가 변증론에서 이러한 초월로 인해 야기된 가상을 필연적인 '형이상학적 가상'Schein이라고 한 것도 그것이 그만큼 불가피하기 때문입니다. '변증론'의 이성 비판은 그런 의미에서 인간 이성의 월권을 방지하려는 칸트식의 전략이라 할 수 있습니다."

"그런데 이러한 월권이 이루어졌을 경우 어떤 결과가 빚어질까요? 『순수이성비판』은 감성의 역할을 다룬 〈감성론〉Sinnigkeitstheorie과 오성의 역할을 다룬 〈분석론〉Analytikstheorie, 그리고 이성의 역할을 다룬 〈변증론〉Dialektik으로 구성되어 있습니다. 여기서 변증론은 이성이 자신의 한계를 넘어 초월했을 때는 야기되는 문제들을 비판한 것입니다. 그것은 세계에 관한 '안티노미 이론'과 영혼에 관한 '영혼론', 마지막으로 이 모든 것을 포괄하는 '신 존재 증명 비판'으로 이루어져 있습니다. 칸트 철학은 그런 의미에서 인간의 인식 능력으로 만들어진 거대한 건축Architecture과 같다고 할 수 있을 겁니다. 당시는 이러한 건축의 이미지, 말하자면 체계를 구축하려는 사유의 이미지가 일반적이었지요."

여기까지 주마간산 격으로 거칠게 설명을 했지만, 학생들은 오히려 잘 이해하는 것 같다. 아마도 그것은 나의 강의 때문도 있지만, 무엇보다 칸트의 철학이 수학의 문제를 풀 듯 단순하고 명료하기 때문일 것이다. 설계도가 없으면 건축할 수 없는 반면, 설계도를 이해하면 건축을 훨씬 잘하고 이해할 수 있을 것이다.

철학과 대학원

법대에서는 낙오자나 다름없었지만, 문과대 수업에서는 성적이 아주 잘 나왔다. 타지에서 설움을 받다가 고향에 온 느낌마저 들었다. 힘들고 오랜 항해 끝에 섬을 발견한 뱃사공들의 기쁨과도 같았다. 남들은 일부러 법대 가기 위해 애를 쓴다고 하던데 나는 오히려 법대를 나와서 잘 팔리지도 않는 철학과로 갔다. 철학과 대학원 시험은 공부도 별로 하지 않은 상태에서 무사히 통과했다. 그 당시는 대학원 시험을 통과하는 게 어려웠던 시절이다. 나의 대학원 동기는 타 대학에서 온 여학생과 본교 교육학과 출신인 여학생이다. 모두가 타과 출신인 셈이다. 대학원 등록금은 고등학교 동기인 이상수와 자기 동생을 과외 공부시켜주는 조건으로 일부를 대주고, 나머지 절반은 나의 오랜 법대 동기인 김정식의 어머니가 내주었다. 그 당시 과외를 금지했기 때문에 도봉구 방학동이었던 친구의 집에서 석 달 정도 입주 과외를 해주었다.

돌이켜 생각해보면 돈 한푼 없이 내가 공부를 할 수 있었던 데는 적지 않은 사람들이 음으로 양으로 나를 도와주었기 때문이다. 내 인생에서 결코 잊지 못할 참으로 고마운 분들이다.

우리 대학원 입학 동기들은 타과생이라 학부 철학과에서 두 과목을 의무적으로 들어야 했다. 그런데 수강을 신청하는 과정에서 나를 아주 잘 보았던 과장 교수와 정면으로 충돌하는 문제가 생겼다. 나는 대학원에서 세 과목을 신청하고 학부에서 한 과목을 신청하겠다고 과장실로 찾아갔는데 과장 교수가 일언지하에 거절했다. 내가 그 자리에서 과목의 수강 능력은 나의 선택과 역량에 달린 것이 아니냐고 따졌더니 그 교수가 벌컥 화를 내는 것이었다. 그때 옆 소파에 앉아 있던 박사과정 선배가 나가라는 눈짓을 주었다. 그 사건으로 인해 나는 과장 교수의 눈 밖에 나서 대학원 다니던 내내 불이익을 당했다. 우리 동기가 3학기가 되었을 때 그 과장 교수가 안식년 휴가를 떠나면서 과 조교에서 우리 동기들을 다 빼 버리는 사건이 벌어졌다. 조교 장학금은 나에게는 필수적인 것이어서 그것을 받지 못하면 등록을 할 수가 없었다. 나는 너무 화가 나서 대학원을 그만두겠다고 했는데, 당시 학생처장을 맡고 있었던 P 교수가 학생처장 장학금을 끌어다 줘서 간신히 등록을 마쳤다.

대학원 수업은 재밌었다. 정말 공부하는 느낌이 들었다. 학생 수도 몇 안 돼서 강의의 집중력도 컸다. 학부에서 B 교수의 동양철학 수업도 들었지만, 당시 동양철학은 별로 관심을 두지 않아서 남은 것이 없다. 당시 철학과 대학원은 강의가 끝나면 논문 형식의 리포트를 작성해서 제출해야 했다. 이 리포트를 방학 내내 작성하는 경우도 있을 만큼 리포트 작성이 대학원 수업에서 비중을 많이 차지했다. 그때 제출한 리포트들이 교수들의 호평을 받았다. 특히 비트겐슈타인 강좌를 담당했던 P 교수는 내가 제출한 리포트 제목만 보고서 바로 그 자리에서 A를 줄 정도였다. 그때 내가 제출한 리포트 제목은 지금 봐도 멋지다. 「커뮤니케이션의 선험적 지평으로서의 '삶의 형식'Lebensforum」이다. 비트겐슈타인이 전기에 '언어의 그림이론'을 담은 『논리-철학 논고』Tractatus를 발표했지만, 후기 철학서인 『철학 탐구』Philosophical Invesgation에서는 초기의 이론을 죄다 뒤엎었다. 그는 이 책에서 특히 '삶의 형식'Lebensform 이라는 개념을 강조했다. 나는 이 개념을 당시 막 복사본으로 소개되었던 K. 오토 아펠의 책에서 알게 된 '선험적 지평'이란 개념과 연결시켰다. 그의 삶의 형식은 언어공동체를 가능케 하는 선험적 지평의 의미로 충분히 해석이 가능한 것이다. 그런데 독일 철학에 생소한 P 교수는 제목 자체만으로 봐도 멋있다고 높게 평가를 해주었다. 아무튼 이런 리포트를 석·박사 졸업할 때까지 10여 편을 작성해야 했다. 어려웠지만 배운 것도 많다.

처음에 헤겔과 독일 관념론에 관심을 갖고 모교의 철학과 대학원에 진학했지만, 막상 들어와 보니 대학원의 일반적 분위기는 영미 분석철학이 강했다. P 교수가 이 분야의 대부였고, 과학철학을 하던 O 교수도 영미 철학에 바탕을 두고 있었고, 학생들에게 인기가 많았던 D 교수도 미국에서 학위를 받았다. 또 다른 S 교수가 독일 보쿰 대에서 학위를 받았지만 내가 별로 관심을 두지 않은 해석학 분야였다. 그래서 독일 관념론을 공부하는 학생들은 따로 강독 세미나를 운영해서 자기들끼리 공부했다. 나의 동기들 모두 칸트와 헤겔에 관심을 가졌기 때문에 졸업하는 내내 독일어 원서 강독을 많이 했다. 이런 움직임 탓인지 3학기에 올라갔을 때는 독일 철학 연구자들의 숫자도 많이 늘어서 별도로 대학원 내에 독일 철학 연구자 모임을 만들기까지 했다. 하지만 이 모임은 만들자마자 바로 해산되는 비운을 경험했다. 사건의 발단은 그 모임을 만들고 나서 뒤풀이로 술을 마시던 자리에서 나왔다. 나는 그때 동생이 일으킨 사고처리 때문에 참석하지 못했다. 나중에 다른 참석자들의 이야기를 들어 본 사정은 이렇다.

"김봉한이 너무 독선적이지 않아요? 저 혼자 독일 철학을 다 하는 양하는 게 좀 눈에 거슬리네요."

"그 친구 독선은 하루 이틀 된 것도 아닌데 뭘 그래."

"그래도 이제는 원팀을 만들어서 함께 공부하려는 마당에 혼자서 독불장군식으로 행동하는 것은 보기 좋지 않죠."

"하긴 그래. 하지만 그걸 어떻게 해? 그만하라고 일일이 막을 수도 없고."

이 친구는 대학 2학년 때부터 칸트의 『순수이성비판』을 옆에 끼고 살았다. 3학년이 되어서는 칸트에 관한 학술 논문을 써서 대학 신문에서 수여하는 학술 논문상도 수상해서 나름 지명도가 높았다.

"아무튼 나는 그런 모습 못 봅니다. 자꾸 멋대로 행동하면 내가 그만 두는 수밖에 없지요."

"내가 한번 잘 이야기를 해보지. 아무래도 전체의 분위기가 중요하니까."

그나마 그와 친한 선배의 말이다.

그런데 그 이야기가 다음 날 그 친구 귀에 들어간 것이다. 그는 당장 화를 내면서 자기는 연구회 모임을 할 수가 없다고 했다. 이제 막 시작한 모임이 제대로 꽃도 피우지 못하고 해산될 지경에 이른 것이다. 모임을 깨고 싶지 않았던 내가 그를 따로 만나서 설득해보기로 했다.

내가 술자리에 참석 못 한 것은 다른 이유 때문이었다. 당시 나의 누이가 동부 이촌동에서 기사 식당을 운영하고 있었다. 그런데 옆에서 비슷한 식당을 하는 친구가 너무 심하게 호객행위를 해서 나의 막냇동생과 물리적 충돌을 빚었다. 덩치는 훨씬 큰 친구가 운동을 했던 막냇동생에게 흠씬 두들겨 맞고 병원에 입원했다. 그는 사촌 형이라고 하는 브로커를 내세워 당시로는 거금이라 할 수 있는 5백만 원을 합의금 조로 요구한 것이다. 만약 합의를 해주지 않을 경우 막냇동생은 구속을 면할 수가 없는 상태였다. 어쩔 수 없이 내가 그를 직접 병원으로 찾아가서 호소를 해봤다.

"몸은 좀 어떠세요?"

그는 찾아간 나를 돌아보지도 않았다. 링거 주사를 꽂고 병상에 누워 있는 모습을 보니까 생각보다 심하지 않아 보였다.

"사촌 형과 이야기를 해봤습니다. 물론 때린 제 동생이 많이 잘못했습니다. 하지만 서로 매일 같이 얼굴을 맞대고 있는 사람들끼리 너무 무리하게 요구하는 것은 아닐까요? 다들 하루 벌어 하루살이 하는 형편을 잘 아시잖아요."

내가 여러 말을 하면서 합리적으로 풀어 보려고 했지만, 그는 고개도 돌리지 않고 요지부동이었다. 브로커 삼촌이 일체 말을 하지 말라고 단단히 언질을 준 것 같았다. 결국, 울며 겨자 먹기로 주먹 몇 번 날린 것에 대한 대가로 5백만 원을 줄 수밖에 없었다. 나는 그날 오후 교내 평화의 집에서 김봉한을 만나 이야기를 나눴다. 독일 철학 연구자 모임의 해체를 막기 위해서였다. 깨는 것은 쉽지만 다시 만들려고 하면은 훨씬 어렵다는 판단에서다. 먼저 내가 운을 띄웠다.

"오늘 제 동생이 주먹을 잘 못 놀려서 적지 않은 돈을 물어주게 되었어요. 그 친구한테 사정사정을 해봤지만 요지부동이네요. 한 마디로 말문이 꽉 막힌 사람이더군요. 살아가는 방식이 틀려서 그런지 말이 전혀 통하지 않아요."

그래도 우리는 함께 공부하는 연구자들이니까 그런 사람들하고는 다르지 않냐고 은근히 넘겨짚은 것이다. 하지만 그의 표정은 단호했다.

"함께 공부하자고 하면서 뒷다마 치는 인간들하고 어떻게 공부해요? 오늘 아침 그 소리를 듣고 정말 화가 많이 났습니다."

가뜩이나 외골수인데 그런 소리까지 들었으니 더 말하기 힘들었다. 그래도 한마디 더 했다.

"만약 우리가 이 모임을 깬다고 하면 앞으로 다시는 이런 모임을 구성할 수 없다고 생각해보지 않았나요? 대를 위해서 한 번쯤 이해해보면 어떨까요?"

하지만 그는 여전히 요지부동이다.

"그렇게 할 수 없소."

그걸로 끝이었다. 그냥 결별인 것이다.

이 친구의 고집과 뚝심은 참으로 대단했다. 나중에 그가 모 재벌을 상대로 시위하는 장면을 보고 그때의 모습이 연상되었다. 그는 내가 대학원을 그만두려 했을 때 나에게 함께 일을 해보자고 제안을 한 적이 있었다. 하지만 그때 잃은 신뢰 때문에 내가 거절하고 말았다. 독일 철학 연구자 모임은 만들자마자 바로 해산되었고, 다시는 만들지 못했다. 그 이후 나는 더 이상 Y대 내에서 그런 모임을 진행하지 않았다. 대신 대학 밖으로 나가서 비슷한 관심사를 가진 타 대학 대학원생들하고 세미나를 했다.

철학과를 드나들면서 개성 있고 좋은 친구들을 여럿 만났다. 그중에서도 삐쩍 말라 키가 껑충한 이상한 군은 대학원을 다니는 내내 친하게 지내고 자극도 많이 받았다. 내가 그를 처음 만난 것은 4학년 칸트 수업이었다. 강의가 끝나고 나서 그가 나중에 신과대 대학원으로 진학한

한 학생과 칸트 철학에 대해 열심히 논쟁하고 있었다. 칠판에 그림까지 그려 가면서 논쟁하는 데 이제 갓 철학과 수업에 들어온 법대생이 이해하기는 어려웠다. 다만 그렇게 진지하게 논쟁하는 모습 자체에 깊은 인상을 받았다. 법대에서는 결코 보지 못했던 모습이었다. 그는 수업 시간에도 수시로 질문을 하면서 따졌다. 독일에서 학위를 하고 나서 한국에 들어온 지 얼마 안 되는 선생은 이런 질문에 대해 상당히 곤혹해 했다. 그럴 때면 선생은 상한 군에게 한 번 답변해보라고 하면서 질문을 떠넘겨 버리기도 했다. 상한 군은 당시 비트겐슈타인을 가지고 석사 논문을 쓰겠다고 했다.

그는 지방 소도시의 깡촌 출신이었다. 머리가 비상해서 Y대 철학과로 진학했는데, 당시 나는 그야말로 그가 철학의 화신이라는 생각마저 들었다. 다른 사람들은 보통 농담을 많이 하고 사회 문제 등도 이야기하곤 하는 데 이 친구는 그런 문제에는 전혀 관심이 없었다. 그는 자나깨나 철학이고, 어떤 이야기를 하든 다시 철학으로 대화를 끌어갔다. 그의 모습을 보다 보면 논쟁을 즐기며 사람들을 낭패하게 만드는 소크라테스를 연상할 정도였다. 소크라테스의 별명이 소 잔등에 달라붙어서 아무리 쫓아도 사라지지 않는 '등에'였다. 이런 그의 태도는 처음 철학 공부를 시작하는 나에게 상당한 자극이 되었다. 나는 모르는 것이 있으면 수시로 그와 대화하면서 깨우쳤다. 우리는 주로 중앙도서관 3층의 계단에 앉아서 이야기를 많이 나누었다. 당시는 도서관 내에서 담배도 피우던 시절이었다. 담배 연기가 자욱한 틈에서도 철학을 이야기하는 친구의 눈빛이 빛났다.

그는 머리가 비상했을 뿐만 아니라 어떤 권위도 인정하지 않을 만큼 비판적이었고, 또 절대로 비약을 허용하지 않을 만큼 논리적이었다. 그가 오른쪽 목에 난 자그만 혹을 만지면서 차분하게 논리의 허점을 집요하게 파고들면 마치 비수로 가슴을 후비는 느낌마저 든다. 이런 태도는 강의실이건 도서관이건 가리지 않았고, 술집에서도 마찬가지였다. 그는 술을 마셔도 흥분하지 않고 차분하면서도 날카롭게 이야기했다. 술자리는 사실 논리보다는 감성이 앞서는 자리다. 그런 곳에서 논리적으로만 이야기한다는 것은 전혀 어울리지 않는다. 덕분에 그는 술자리에서 여러 차례 얻어맞은 경험이 있다. 그의 키가 180센티를 넘겼지만, 그는 혼자 자취하느라 제대로 영양 섭취하지 못하고 술 담배를 많이 한 탓에 삐쩍 말라 있었다. 그의 모습이 만만하게 보였는지 그에게 주먹을 휘두르는 사람들이 여럿 있었다. 그중에서도 나는 가장 가까운 데서 그런 폭력이 자행되던 모습을 보았다.

언젠가 철학과 대학원생들끼리 1차로 술을 마시고 나와 이 모 군, 그리고 동양철학을 하던 독고탁과 김수철이 함께 자주 다니던 논지당 카페에 들어갔다. 이곳은 신촌에서 유명한 카페이다. 주인 마담과도 친해서 늘 술을 마시면 들르던 곳이었다. 그런데 여기서 커피를 마시다가 일이 터졌다. 원인은 나였다. 내가 그 당시 술과 담배를 엄청나게 하다 보니 기관지가 별로 좋지 않았다. 나는 칵칵거리면서 목에 낀 가래를 그냥 바닥에 몇 차례 뱉었다. 사실 정말 매너 없이 행동한 것인데 만취한 상태에서 나타난 현상이다. 그 모습을 보고 동양철학을 하던 김수철 씨가 아주 보기 좋지 않은 듯 눈을 흘겼다. 그는 연극반 출신이고 수경사 출신으로 몸도 건장하고 술도 잘 마시던 낭만파 호인이었다. 주인 마담하고도 친해서 논지당을 많이 아끼고 있었기 때문에 그가 그런 반응을 보인 것은 아주 당연한 것이었다. 그런데 이상환이 이 모습을 보면서 특유의 시니컬한 반응을 보인 것이다. 그러니까 김 선배가 그를 밖으로 끌어냈다. 바로 옆 골목으로 데리고 가서 그야말로 무자비하게 팼다. 얼굴이 피떡이 된 상태로 카페에 들어온 이 모 군의 모습을 보고 우리는 경악을 했다. 상처가 심해서 바로 근처에 있는 세브란스 병원 응급실로 데리고 갔다. 나에게 향해야 할 주먹을 그가 대신 맞은 것이다. 이 사건의 여파는 생각보다 컸다. 그의 동기인 김봉한이 때린 김 선배를 당장 고발해야 한다고 부추겼다. 하지만 고발까지는 가지 않고 병원 치료비와 소정의 보상비 정도로 마감했다. 아무튼, 이 친구는 너무 약해 보이는 데다가 냉소적이어서 그렇게 많이 맞고 살았다.

그가 박사 논문을 쓴 다음에 그를 둘러싸고 흉흉한 소문이 돌았다. 그가 미쳤다는 것이다. 그는 교수 연구실을 찾아다니면서 "니가 뭐냐?" 하고 삿대질하고 행패를 부렸다. 그 친구 때문에 교수들은 봉변을 피해서 강의가 끝나면 바로 집으로 돌아가곤 했다. 그 이전에는 박사 논문을 출판한 것을 들고 지방 대학에 자리를 잡고 있는 선배들을 찾아다니면서 술을 얻어먹고 있다는 이야기가 들린 적도 있었다. 강원도 소도시의 깡촌에서 서울로 유학 온 그가 명문대에서 철학박사를 취득했으니까 얼마나 대단한가? 그의 박사 논문은 1992년에 『비트겐슈타인의 철학과 마음』이란 이름으로 〈자유사상사〉에서 출간했다. 이 책은 비트겐슈타인의 철학을 불교 철학의 관점에서 서술한 책인데, 국내에서는 이 방면으로 아마도 최초일 것이다. 그는 학위 논문을 그 당시 모 출판사 대표였던 김한용 씨가 살던 북한산 근처에서 썼다. 그런데 논문이 마지막으로 접어들 때 잠을 제대로 못 잤다고 한다. 잠을 못 자면 기가 위로 뻗쳐서 머리가 돌 가능성이 높다. 수승화강水昇火降이라고, 무거운 수기水氣는 위로 끌어 올리고 가벼운 화기火氣는 아래로 끌어 내려야 한다. 그래야 기의 순환과 소통이 잘 이루어지는 것이다. 산속의 수행자들도 종종 수행과정에서 기가 뻗치는 현상이 나타나곤 해서 반드시 이를 잡아줄 사람이 필요하다. 학위 논문을 마치고 그것을 책으로 출판하면서 그에게 이런 증세가 본격적으로 터진 것이다.

　대학원 시절 아주 친하게 지냈지만 그즈음 우리는 무엇 때문인지 거의 만나지 못했다. 특별히 싸운 것은 아니지만 비트겐슈타인과 불교 철학을 하는 그와 헤겔과 마르크스를 하는 내가 서로 대화하기는 쉽지 않았을 것이다. 그 이전에 무수히 논쟁과 언쟁을 반복하다가 싸운 적도 한두 번이 아니었다. 내가 대학원에 들어갔을 때 법대 동기인 김이후와 함께 용제관 2층의 아주 특이한 방을 이용한 적이 있었다. 백양로를 한

참 걸어 올라가다 보면 왼쪽에 상경관이 있었고, 정면에는 언더우드 동상과 그 뒤로 문과대 건물이 고풍스럽게 서 있었다. 오른쪽 언덕길을 올라가면 유명한 청송대 숲이 있는데 용제관은 언덕 초입의 오른쪽에 있었다. 당시 가정대와 법대가 함께 이 건물을 사용하고 있었다. 우리가 사용했던 2층의 방은 화장실을 통과해야 들어갈 수 있는 방이다. 때문에 화장실을 수많은 사람이 들르면서도 이 방은 몰랐다. 문 속의 문이 있는 방인데, 이 안에 들어서면 백양로가 한눈에 보일 만큼 전망이 좋았다. 이 방에는 침대와 소파가 있었고, 두 명이 공부할 수 있는 책상도 있었다. 이 방은 원래 금융감독원을 다니면서 박사 논문을 썼던 정모 선배가 이용하던 방이었다. 그가 P대로 임용되면서 나가게 되었는데, 그는 나중에 P대 총장을 두 번 연임했다. 총장을 퇴임한 다음 몽골 울란바토르로 가서 H ICT Univ. 총장을 역임하고 있다.

나의 법대 동기인 김이후가 정 모 선배와 아주 친했기 때문에 그 방을 물려받은 셈이다. 당시 내 친구는 법철학으로 석사 논문을 마친 다음 미국 대학으로 유학을 준비 중이었다. 그와 나는 정립회관에서 만난 이후 지금까지 수십 년을 이어 온 절친이었다. 그와 대학 다닐 때 술을 엄청 마시고 일주일에도 몇 번씩 남가좌동에 있는 그의 집에서 자곤 했다. 그의 어머니는 그때마다 전혀 눈살을 찌푸리지 않고 우리를 잘 받아주고 밥도 잘 챙겨 주었다. 그가 그 방을 맡게 되자 그는 바로 나를 그 방으로 끌어들였다. 그곳에서 우리는 각자 공부하기도 하고 함께 하버마스의 『인식과 관심』Knowledge and human interests이라는 책을 읽기도 했다. 나중에 그가 미국에서 하버마스와 푸코로 학위 논문을 쓸 때 이때의 강독이 큰 도움이 되었다고 했다. 나는 종종 술을 마시고 이 방의 침대에서 잠을 자기도 했는데, 아침에 새소리를 들으면서 창가를 내다보면 연세 캠퍼스가 마치 나의 정원 같다는 느낌도 들었다. 이 방은 당시 대학가의 데모가 격렬했을 때 건물로 쫓겨 들어왔던 학생들의 피신처가 되기도 했고, 철학과의 선후배 동료들도 많이 찾아 주었다. 친구가 유학 간 다음에도 나는 이 방을 혼자서 한참을 이용했는데 나중에 법대 학생회에서 문제 삼아 마지못해 내준 적이 있었다.

한 번은 이 모 군과 신촌 시장에서 술을 먹다가 논쟁이 심하게 벌어진 적이 있었다. 개인과 사회의 문제였는데, 일종의 닭이 먼저냐 달걀이 먼저냐 식으로 끝이 없는 논쟁이었다. 비트겐슈타인과 불교를 하는 그에게는 자유주의와 개인의 문제가 다른 어떤 것들보다 중요했다. 하지만 헤겔과 마르크스에 심취한 나에게 그런 이야기들은 그저 자유주의자들의 헛된 욕구에 불과해 보였다. 그날 심한 논쟁을 벌이다가 밤늦게 헤어져서 나는 용제관 그 방으로 돌아와서 쓰러져 잤다. 그런데 새벽에 이 모 군이 찾아온 것이다. 그는 나랑 헤어진 후 밤을 꼬박 새운 후 새벽에 버스가 다니자 나를 찾아온 것이다. 그는 마음에 조금이라도 걸리는 것이 있으면 그것을 곱씹어서 완전히 털어 내야만 풀리는 성격이다. 일종의 결벽증이라 할 수 있을 것이다. 그 당시 그는 박사 논문을 쓰고 있었고, 나 역시 논문 문제로 골머리를 썩다 보니 우리가 만나기가 쉽지 않았다. 그런 상태에서 1992년 이른 봄쯤에 그에 관한 소식이 내 귀에도 들렸다. 그가 머리가 다소 돈 것 같고, 사람들에 대해 적대적으로 행패를 부리고 다닌다는 것이다.

한 번은 내가 철학과 강사실에 볼일이 있어서 들른 적이 있었다. 그때 마침 그가 거기 있었다. 반가운 마음에 이름을 부르면서 악수를 청했다. 그러니까 그는 단호하게 내 손을 쳐 버렸다. 그는 머리를 군인처럼 짧게 잘랐고, 얼굴과 팔 곳곳에는 상처도 보였다. 막 교도소에서 나온 모습같이 험악해 보였다. 나를 빤히 쳐다볼 때는 평소의 그와 달리 살기가 느껴졌다. 더 이상 우리는 말을 하지 않고 헤어졌다. 그날이 내가 그 친구를 마지막으로 본 날이다. 그의 행각은 여전히 거친 이야기로 들려 왔다. 한 번은 학생들 축제하는 기간 중에 텐트를 불 질러 버린 적이 있다. 학생이 공부나 해야지 무슨 축제냐고 하면서 그랬다는 것이다. 그 사건은 당시 일간지 사회면에 보도된 적도 있고, 그는 바로 서대문 경찰서로 연행되기도 했다. 지도 교수인 P 교수가 힘을 써줘서 경찰서에서 풀려나자 그를 걱정한 친구들이 정신병원에 입원시켰다. 그리고 나서 한 두어 달 동안 잠잠했다. 그런데 아주 나쁜 소식이 들려 왔다. 그가 병원에서 퇴원 후 고향으로 낙향했는데 부모가 있는 집에서 농약을 먹고 자살을 했다는 것이다. 내가 철학과에서 숱한 경험을 했지만 그 일은 가장 비극적인 사건 중의 하나였다. 무지렁이 부친은 농약 먹고 고통스러워 떼굴떼굴 구르는 아들을 그냥 몇 시간 동안 방치했고, 죽자 바로 가마때기에 싸서 산에 버렸다는 이야기를 들었다.

나중에 우리가 원주의 가파른 치악산을 올라가 그의 무덤을 만들어 주었고, 간단하게나마 추도식을 올려 주었다. 그가 죽은 지 벌써 30여 년이 흘렀다. 여전히 껑충한 키에 오른쪽의 혹을 돌리던 그의 모습은 지금도 생생하다.

하루는 막 수업에 들어가려는 나에게 과사무실로 오라는 이야기를 들었다. 나를 급히 찾는 전화가 왔다는 것이다. 전화기를 타고 넘어온 목소리의 주인공은 한때 열심히 스터디를 함께 했던 신오현 군의 누나였다. 그녀는 당시 모 고등학교 수학 교사로 재직 중이었다. 동생이 S대 인문대에서 "군부 독재 철폐하라!"고 외치면서 데모하다가 잡혀 들어갔다는 것이다. 이미 세미나를 할 때부터 데모를 염두에 두었던 그라 나는 놀라지 않았다. 그의 누나와 몇 차례 통화하면서 그가 수감된 곳을 확인했다. 그와는 종종 편지를 통해 소식을 주고받았지만, 그러다가 어느 순간 소식이 끊어졌다. 서로 생존하는 방식이 달라지다 보니 그렇게 된 것 같았다. 출소 후 그가 나를 찾아와서 술을 딱 한 번 마셔본 적이 있다. 그 이후 그와는 소식이 완전히 끊어졌다가 20년이 훨씬 지난 후 우연한 곳에서 다시 만났다.

헤겔 철학과 나

1983년 가을쯤 L 교수가 편집한 『헤겔 연구』 창간호가 나왔다. 한번은 서강대에서 L 교수 초청 강연회가 있어서 법대의 친구와 함께 간 적이 있었다. L 교수는 헤겔 변증법에 관해 강연했다. 그때 사회를 맡은 Y 교수가 L 교수를 소개하면서 노동Arbeit도 해보지 않은 분이 노동 개념을 가지고 논문을 썼다고 우스개 농담을 했다. L 교수의 논문 제목이 『헤겔에서의 노동 개념』이었다. 다 듣고 나서 청중들에게 질문하는 시간이 주어졌다. 그 당시 나는 G. 루카치의 제자인 이스트 반 메자로스의 『소외론』이란 책을 읽고 있었다. 그 책의 내용을 인용해서 질문했다. 내가 손을 번쩍 들었다.

"교수님 강연을 감명 깊게 잘 들었습니다. 하지만 헤겔 변증법은 이미 낡은 것이 아닐까요? 루카치의 제자인 이스트 반 메자로스는 현대 과학이 발전하고 형식 논리적 사고에 익숙한 세대에게 변증법은 이해하기 어렵다는 진단을 내리기도 했는데 교수님 생각은 어떤가요?"

내가 이런 당돌한 질문을 하자 L 교수는 정색하면서 답한다.

"그게 무슨 소리요? 지금 서구에서는 다시 헤겔 철학에로 돌아가자
는 움직임도 일어나고 있어요."

L 교수와 나의 첫 대면은 그렇게 끝났다. L 교수는 동백림사건의 주
역으로 알려져 있다. 그 사건으로 인해 유럽에서 활동하던 한국의 많은
지식인이 대거 중정으로 끌려가 고초를 많이 당했다. 그 이후 우리가
이 사건에 대해 질문하면 L 교수는 묵묵부답하면서 지금은 답변할 시
대 분위기가 아니라고 했다. 2000년대는 넘어가야 그런 시대적 분위기
가 만들어질 수 있다고 했다. 그러면서 당신이 북한 공작원들을 만나서
평양으로 갔고, 평양 모란봉에서 대접받으면서 그들과 논쟁하던 이야
기를 들려주기는 했다.

『헤겔 연구』지 창간호가 나왔을 때 내가 축하하는 리뷰를 써서 대학
신문에 기고한 적이 있었다. 그런데 그것이 L 교수 귀에 들어간 것 같
다. 어느 날 임 교수 측으로부터 연락이 와서 신촌 시장 입구 쪽에 있는
꽃 다방에서 얼굴을 뵈었다. 서강대에서의 첫 만남은 기억하지 못했다.
L 교수는 워낙 두주불사 식으로 술을 좋아했다. 우리는 바로 신촌 시장
으로 자리를 옮겨서 술을 많이 마셨다. 무슨 이야기를 했는지는 기억에
없다. 주로 L 교수의 이야기를 들었던 것 같다. 그 이후 L 교수가 돌아
가실 때까지 학회 모임 등 여러 가지 형태로 긴 만남을 지속했다. 나중

에는 결혼식 주례까지 부탁하기도 했다.

　코로나가 한창인 2022년 가을 어느 날 H대 로스쿨 교수인 L 교수
의 딸에게서 연락이 왔다. 자신이 부친인 L 교수가 남긴 헤겔 『논리학』
을 정리를 해서 3권의 책으로 출간했다고 하면서 길상사에 모신 L 교
수 영정에 헌정하러 가는데 함께 갔으면 한다고 했다. 그날 오랜 후배
L 박사랑 함께 길상사에 다녀온 적이 있다. 선생이 말년에는 치매로 오
랫동안 고생하셨다고 했다. 그 수발을 딸인 또 다른 L 교수가 도맡았다
고 한다. 조용하고 차분한 성품의 그녀는 서울 법대를 졸업한 다음 독
일 함부르크 대학에서 칸트 법철학으로 학위를 받았다.
　하루는 연희동에 있는 L 교수 댁으로 초대를 받은 적이 있었다. 그곳
에서 나중에 김근태와 함께 남영동 고문 사건의 희생자가 되었던 이치
걸을 만났다. 그는 전주고를 나와 서울대 인문대학에 수석으로 입학한
수재로 유명했다. 그는 다짜고짜 자기 지식을 자랑하려는지 암송한 고
전을 줄줄이 풀었다. 노자의 『도덕경』에 나오는 한 구절이었다.
　"천지는 어질지 않아 만물을 짚으로 만든 개처럼 여긴다. 성인도 어
질지 않아 백성을 짚으로 만든 개처럼 여긴다天地不仁, 以萬物爲芻狗. 聖人不仁,
以百姓爲芻狗." 또 이런 구절도 인용한다 "인법지, 지법천, 천법도, 도법자
연人法地, 地法天, 天法道, 道法自然" 인간은 땅을 닮고, 땅은 하늘을 닮고, 하늘
은 도를 닮는데 이 도는 자연을 닮는다는 것이다."
　내용이야 낯선 것은 아니지만 자유자재로 읊어대는 모습이 예사롭

지 않다. 나도 지지 않으려고 몇 마디 했는데, 아무튼 그와의 첫 대면은 서로 지지 않으려고 논쟁하던 기억만 남았다. 그래도 나는 그의 천재성은 인정해주었다. 아깝게도 그는 자기 뜻을 제대로 펴지 못한 채 2022년에 세상을 떴다.

L 교수를 만나면서 헤겔 철학에 대한 관심이 다시 살아났다. 나는 헤겔 철학을 공부하겠다고 하면서 대학원에 진학했다. 하지만 철학과 대학원에는 이쪽 분야의 전공자가 없었고, 대학원의 전체 분위기도 영미권 위주였다. 그래서 나 역시 대학원 3학기까지는 비트겐슈타인에 심취해서 그를 가지고 석사 논문을 쓸 생각도 했다. 기질상으로 나와 맞는 편이 있기도 했다. 일전에 P 교수에게 제출한 "커뮤니케이션의 선험적 지평으로서의 '삶의 형식'"이란 논문을 확대시키면 충분히 비트겐슈타인과 독일 철학을 연결시킬 수 있을 것 같았다. 그런데 이런 내 생각이 두 가지 면에서 브레이크가 걸렸다. 하나는 L 교수와의 만남이 늘어나면서 헤겔에 대한 관심이 다시 일어난 것이고, 다른 하나는 현재 S대 철학과에 재직 중인 김영환 교수 때문이었다.

내가 봉천동에 살 때이다. 어느 날 친하게 지내던 78학번의 권홍일과 함께 김영환이 노트 한 보따리를 들고 내 집을 찾아왔다. 권홍일은 나의 어머니와 같은 안동 권씨라 "고모, 고모" 하면서 우리 집에 자주 들렀다.

"형, 영환이가 진지하게 상의할 일이 있다고 해서 데리고 왔어요."

권홍일이 먼저 말문을 연다.

"아, 도대체 무슨 일인데 이렇게 집까지 찾아온 건가?"

"영환이가 조만간 프랑스로 유학 가는 것은 알고 있지요?"

"그렇지. 그것은 다들 잘 알고 있는 거잖아. 그게 오늘 찾아온 것과 무슨 문제가 되나?"

"영환아, 이제 네가 직접 이야기를 해봐."

권홍일이 영환을 직접 끌어들였다.

"형, 사실은 내가 그동안 헤겔의 『정신현상학』 주석서로 널리 알려진 J. Hyppolite의 Genèse et Structure de la Phénoménologie de l'Esprit de Hegel(헤겔 정신현상학의 생성과 구조)라는 책을 번역하고 있었어요. 그런데 막상 유학을 떠날 날짜가 확정되고 말았는데 도저히 그날까지 맞출 수가 없는 거예요. 그래서 마무리가 안 된 그 원고를 들고 이렇게 형을 찾아온 거예요."

보니까 빼곡히 번역한 노트가 상당히 많다. 그 당시는 컴퓨터가 없었기 때문에 다 손으로 원고를 썼다.

이폴리트 책은 난해하다고 정평이 난 헤겔의 『정신현상학』에 관한 세계적인 주석서이다. 그의 주석서를 통해 프랑스의 많은 철학자가 영감을 받았고, 창의적인 철학을 정립하는 데 초석이 되었다. 영환은 '이성' 장까지 해당하는 이 책 1권의 대부분을 초역했는데 두 장 정도가 마무리 안 됐다. 물론 초역을 다시 손을 봐야 한다. 일단 생각해보겠다고 하고 원고를 놓고 가라고 했다. 그날은 그렇게 헤어졌다.

그런데 내가 이제 4학기로 올라가는데 이폴리트 책 번역을 떠안게 되면 논문의 주제도 바꿔야 하고 학기 내에 논문을 쓰기도 힘들어진다. 하지만 이 문제는 그렇게 오래 고민하지 않았다. 지금까지 자유분방하게 살아온 나에게 한두 학기 미뤄진다고 해서 크게 문제가 되지는 않았다. 이폴리트 책 번역은 나 역시 탐이 나기도 했다. 그래서 며칠 후에 상환을 다시 만나 최종적으로 내가 떠맡기로 했다. 그때 그가 나에게 다짐한 말이 있다.

"형, 책 번역이 마무리되면 역자 이름에 제 이름을 앞에 넣어 주세요. 역자 후기는 제가 쓸게요. 그리고 책이 나오면 역자에게 주는 책 몇 권을 프랑스 파리로 좀 보내 주세요."

그가 1권 초역의 상당 부분을 했기 때문에 충분히 요구할 수 있는 문제였다. 그런데 이 약속은 나중에 지키지 못했다. 먼저 역자 후기를 쓰겠다는 영환의 약속이 지켜지지 않았고, 출판사의 요구도 있었다. 내가 당시 열심히 활동하고 있었기 때문에 내 이름을 앞에 넣는 것이 판매에도 유리하다는 의견 때문이었다. 책이 나오고 나서 나는 책 몇 권을 똑같이 반으로 나눈 인세와 함께 독산동에 사는 그의 동생에게 전달했다. 『헤겔의 정신현상학 1』(문예출판사, 1986)이라는 이름을 달고 나온 이 책은 출간되자마자 호평을 많이 받았다. 일단 책 자체의 네임 밸류가 높았고, 이 분야의 책들이 거의 없는 상태에서 나온 희소성도 있었다. 하지만 더 중요한 것은 이 책의 번역 문체와 정확도가 그 시대를 앞지른 감이 없지 않았다. 2022년 이 책을 냈던 〈문예출판사〉에서 이 책 재판을 내겠다고 하면서 연락이 온 적 있다. 만약 재판이 나온다면 거의 40년 만에 다시 나오는 것인데, 요즘 같은 출판과 번역 사정을 감안한다면 아주 이례적인 일이다. 이 책은 내가 거의 20년이 지나 대학으로 복귀할 때 나를 도와주었고, 그 이후 강의할 때나 기타 등등으로 나에게 많은 도움이 되었다. 이 책은 헤겔의 『정신현상학』과 관련해 교과서와 같은 역할을 하면서 한국의 많은 중견 철학자들의 필독 도서 역할도 했다. 이 책 번역 하나 한 것만으로도 학계에 나와 김영환 교수가 기여한 바를 확인할 수 있었다. 2021년 가을 김영환 교수가 네이버의 열린 논단에서 『정신현상학』에 관해서 강연할 때 나보고 약정 토론자가 되어 달라고 한 적이 있었다. 처음 15분이라고 했는데 무려 4시간 가까이 진행되었다. 끝나고 나서 술자리를 함께할 때 김 교수가 한국의 헤겔 철학 발전에 내가 기여한 바가 크다고 말해 주었다.

이폴리트의 책이 한국어로 번역되면서 이와 관련된 여러 가지 일화가 적지 않았다. 한번은 조선대에서 철학자 대회가 열렸을 때이다. 나는 이때 L 교수를 모시고 간 기억이 있다. 대회가 열리기 전 주최 측의 배려로 망월동 광주 영령들이 묻힌 곳을 단체로 참배하기도 했다. 이곳에서 임 선생과 함께 사진을 찍으려 하는 데 U대의 김영진 교수는 빠지겠다고 해서 이상하게 생각한 적이 있다. 그는 광주 출신이기 때문에 특별히 트라우마에 대한 느낌이 틀릴 수 있었을 것이다. 이 대회에는 해방 전에 활동했던 원로 철학자 김계숙 선생이 참석해서 해방 전의 분위기를 말씀해주시기도 했다.

그때 조선대에 재직 중인 설문재 교수가 S대 철학과 선배인 이지훈 선생을 소개해줄 때 이폴리트 번역자라고 하니까 단박에 알아준 기억이 있다. 이지훈 선생은 명쾌한 두뇌의 소지자로 인상이 깊었는데 의외로 철학계에서 소리 없이 사라졌다. 한번은 칸트 철학회가 끝나고 나서 여러 대학의 교수들과 뒤풀이할 때 P 교수가 내 소개를 해주었다. 이폴리트 번역자라고 하니까 다들 이 책의 소문을 듣거나 읽은 사람들이 대부분이라 박수를 받았다. L 교수가 한국 헤겔학회 사무실을 명지대에 두고 운영했을 때 내가 그 자리를 지킨 적이 있었다. 그 당시 가다머가 천년에 한 번 나올까 말까 한 천재 철학자라고 칭찬했던 회슬레 교수가 한국을 방문했을 때 L 교수와 인터뷰를 한 적이 있었다. 중앙일보의 모 문화부장이 부하 기자를 데리고 와서 그 자리를 마련했다. 나는 그때 회슬레 교수를 처음 만났는데, L 교수가 이폴리트 책 번역자라고 추켜세워 주었다. 그랬더니 회슬레 교수가 다짜고짜 아우스 뎀 프란쾨지센 aus dem Französischen?라고 물었던 기억이 난다. 언어를 10여 개 이상 한다는 그는 공항에서 서울로 들어오는 동안 한국어 간판을 외웠다고 했다. 인터뷰가 끝나자 갑자기 중앙일보 기자가 일어나더니 뒷주머니에서 지갑을 꺼내 가지고 만 원짜리 10장을 꺼냈다. 그것을 봉투도 없이 그냥 회슬레 교수에게 주니까 그는 그것을 반으로 나눠 L 교수에게 주는 것이다. 그 모습을 보면서 회슬레가 참 소박한 사람이구나 하는 생각이 들었고, 중앙일보 기자에 대해서는 상대가 어떤 철학자인지도 모르고 참으로 무식하게 행동했다는 느낌이 들었다.

또 한번은 L 교수와 S대의 P 교수 그리고 내가 함께 술을 마실 때였다. P 교수는 내가 이폴리트 책을 번역한 것에 대해 칭찬을 많이 해서 내가 번역과 관련한 이면의 이야기를 열심히 설명해주었던 기억도 있다. 내가 다시 대학으로 돌아온 뒤 서강대에서 열린 모 학회에 참석했을 때다. 그때 서강대 철학과의 K 교수를 처음 만난 적이 있었는데 나의 철학과 동료인 C 교수가 이폴리트 번역자라고 소개해주니까 환한 얼굴로 칭찬을 해줬던 기억도 새롭다. 내가 이 책을 Y대 철학과의 교수들에게 드린 적이 있었다. 한번은 한국철학을 전공한 R 교수에게 책을 드리니까 대학원생이 이런 책을 번역했다고 굉장히 칭찬을 했었다. 나중에 그가 학과장을 맡고 있을 때 내가 다시 대학으로 복귀한다고 하면서 그를 찾아간 적이 있었다. 그러니까 R 교수는 입에 발린 칭찬을 거침없이 했다.

"당신같이 정의로운 사람이 철학을 안 하면 누가 해. 나중에 복귀하면 다시 찾아오게 내가 도와줄 테니."

내가 2학기에 복학을 했을 때 R 교수에게 장학금 부탁하려고 전화를 한 적이 있다. 그랬더니 전화기를 통해서 몇 분 동안 욕을 해대는데 내 몸이 덜덜 떨릴 정도였다. 한 마디로 나 같은 *들이 세상을 썩어버리게 만든다는 것이다. 처음 만났을 때는 오만가지 칭찬을 하더니 이때는 아무런 이유 없이 오만가지 욕을 다했다. 너무 화가 나서 교수실로 찾아 올라가려고 하니까 옆에 있던 동료 강사가 잡아서 참은 적이 있다.

나중에 이 일로 R 선생이 나한테 여러 차례 사과한 적이 있다.

1권의 공역자인 김영환 교수 역시 이 책을 처음 번역한 것에 대해 상당한 자부심을 갖고 있었다. 그는 현대 프랑스 철학으로 필명을 날리고 있었지만, 헤겔의 『정신현상학』에 대해 남다른 애정을 가지고 있었다. 한번은 그가 도쿄대 철학과의 교수들과 심포지엄을 가질 때 만났던 교수들에게 자신이 이폴리트 책을 번역했다고 해서 칭찬을 받았다고 자랑하기도 했다. 아무튼, 이폴리트 번역본을 낸 것으로 인해 크고 작은 일화들이 적지 않다. 지금은 서양철학 관련해 수많은 책이 번역되어 있지만, 80년대만 하더라도 지적 관심과 열망은 컸어도 그것을 채워줄 만한 책이 없었다. 그때 헤겔의 『정신현상학』에 대해 세계적으로 널리 알려진 책이 번역되었기 때문에 많은 사람의 관심과 애정을 받은 것이다. 한국의 1980년대는 수많은 사회과학 서적들이 번역되었고, 덩달아 철학책들도 많이 번역되었던 르네상스 시대였다.

김영환의 초벌 원고를 수정하는 작업도 보통 일이 아니다. 나는 이폴리트의 프랑스어 주석판과 영어 번역판을 함께 참조하고 원문에 해당하는 독일어판 페이지 수도 일일이 확인해서 수정 작업을 했다. 그리고 미처 번역이 되지 않은 마지막 2장까지 번역을 마치고 역자 후기도 직접 썼다. 이 작업을 하는 데 꼬박 한 학기 이상이 걸렸다. 원고는 문예출판사 편집장으로 있던 김만수의 도움을 받아 '문예사상신서'로 출간했다. 당시 전병석 대표도 흔쾌히 출판을 받아주었고, 나중에 동아일보

하단에 크게 광고도 내주었다. 요즘은 책 광고를 하는 것은 베스트셀러를 제외한다면 하늘의 별 따기나 다름없다. 그런데 전문 학술서를 주요 일간지에 광고까지 내주었으니 이것만으로도 80년대의 출판 상황에 비해 지금의 출판 상황이 얼마나 나빠졌는지 대비된다. 한국의 국가 규모가 커지면서 한국의 다른 모든 부분이 성장했지만, 출판 상황은 오히려 당시보다 훨씬 열악해진 것이다.

앞서 언급했듯 이 책은 출간되자마자 상당히 주목을 받았고, 그 당시 젊은 철학도들은 거의 필수적으로 이 책을 가지고 공부했다. 하지만 나의 상황이 특별히 달라진 것은 없다. 대신 문예출판사를 드나들면서 책을 2권 정도 더 번역을 했고, 이폴리트 주석서 2권도 번역해야 하는 부담을 안게 되었다. 1987년 당시 나는 부모 집에 얹혀사는 것이 부담스러워 도봉산에서 자취하던 친구 김명길 군의 집으로 거취를 옮겼다. 그곳은 도봉산 올라가는 입구에 위치한 낡은 연립 주택이었다. 이곳은 산에서 내려오는 바람과 난방이 전혀 안 돼서 겨울에 추위를 엄청 탔다. 연탄난로에 연탄을 부지기수로 넣어도 배관이 잘 못 되었는지 거의 온기가 없었다. 그 연립 주택 안방에 친구가 살고 끝방에는 직장을 다니는 친구의 동생이 살았다. 나는 중간 방에 거취를 잡았다. 이 집이 얼마나 추웠던지 겨울에 거의 청소를 하지 못해 사람 다니는 곳만 반질반질했다. 주방이 있는데 수돗물이 제대로 나오지 않아서 애를 먹었고, 또 추워서 제대로 식기를 씻기도 힘들었다. 밥통도 사람 손이 가는 곳만 반질거렸다. 사내들만 셋이서 살고 있기 때문에 제대로 음식도 해 먹지 못했다. 어쩌다 내가 봉천동 집에 가서 반찬이라도 싸서 오면 그날이 잔칫날이었을 정도다.

하지만 도봉산으로 올라가는 길목에 집이 위치해 있었기 때문에 주변에 술집들이 많았다. 친구와 나도 가끔 그곳을 들러서 술을 많이 마시기도 했다. K대 사학과에서 역사학을 공부하던 친구 주변에는 K대 운동권 출신들이 적지 않았다. 때문에 운동권 사람들이 자주 오고 갔는데 내가 누구냐고 물으면 친구는 "몰라, 알려고 하지 마. 알면 다쳐" 하면서 아예 나를 차단했다. 나도 더 이상 알려고 하지 않았다. 이 춥고 영양 공급도 부실한 곳에서 나는 이폴리트 주석서 2권을 혼자 번역했다. 워낙 추워서 이불을 둘러싸고 엎드린 상태에서 번역을 했다. 지금처럼 컴퓨터가 있는 것도 아니어서 완전히 수작업으로 했다. 내가 프랑스어 실력이 충분하지 않아서 영어 번역본의 도움을 많이 받았고, 원문 인용은 헤겔의 독일어 원본인 Phänomenologie des Geistes(Hoffmeister ed.)를 많이 참조했다. 1권에서는 많은 인용문을 L 교수가 번역한 한글 번역본을 그대로 옮겼다. 하지만 생각보다 가독성이 떨어져서 2권에서는 내가 직접 번역을 했다. 그래서 이폴리트 주석서 원본과 『정신현상학』 독일어 원본, 그리고 영어 번역본과 사전 2개를 펼쳐 놓고 앉은뱅이책상 위에서 손을 호호 불면서 작업을 했다. 지금 생각하면 돈을 주고 하라고 해도 할 수 없을 것 같다. 아무튼, 최악의 조건 속에서 탄생한 것이 2권 주석서였다. 그 원고를 봄이 될 때 완전히 탈고했다. 나중에 노트에 번역한 것을 출판사에 제출하기 위해 원고지로 옮기는 데만 무려 한 달이 걸릴 정도였다. 지금은 그냥 컴퓨터로 작업한 파일만 보내면 됐지만 그 당시는 그런 원고 쓰는 수작업 자체도 힘들었다.

원고를 출판사에 넘긴 어느 날 문예출판사의 전병석 대표의 초대로 마침 그 출판사에서 『겨울 나그네』를 출판한 인기 작가 최인호 선생과 함께 식사한 적이 있다. 당시 최인호 선생의 인기는 하늘을 찌를 것 같았다. 그는 Y대 선배이기도 했다. 점심 먹으면서 이런저런 이야기를 하다가 내가 노트에 써 놓은 번역 원고를 옮기는 데만 무려 한 달이 걸렸다고 엄살을 떠니까 갑자기 최 작가가 불끈 쥔 주먹을 내 앞으로 내밀었다. 주먹에는 만년필로 원고를 하도 많이 써서 막말로 큰 다마가 박혀 있었다. 한 마디로 까불지 말라는 것이다. 작가다운 대단히 인상적인 제스쳐였다. 한참 후에 그가 선사들의 이야기를 다룬 소설 『길 없는 길』을 읽을 때 최 작가의 그런 행동이 선사들을 닮은 것이 아닌가라는 생각을 한 적이 있다.

추운 겨우내 도봉산에서 제대로 영양이 받쳐주지 않는 상황에서 번역을 하다 보니 결국 사달이 났다. 봄이 되면서 논문을 쓰기 위해 학기 등록을 해야 했다. 그런데 당시는 휴학 후 등록할 때 반드시 교내 보건소에서 신체검사를 받아야 했다. 이 신체검사에서 내가 결핵 판정을 받은 것이다. 후진국형 병이라고 하는 결핵에 걸린 사람이 의외로 많다. 그리고 그것이 나를 비껴가지 않았다. 이 판정을 받았을 때 나는 절망의 나락에 빠져들어 가는 느낌을 받았다. 그때 나는 친한 권홍일 군에게 편지를 쓰면서 당시 많이 읽히던 이문열의 소설 한 구절을 인용했다.

"교내 보건소에서 결핵 판정을 받았네. 내 인생의 봄날을 기대하지는 않았지만, 다시 추운 겨울 한복판으로 끌려 들어가는 느낌이야. 작가 이문열의 책 제목처럼 '추락하는 것에는 날개가 있다'가 아니라 '추락하는 것에는 날개가 없다'는 생각마저 들어. 이 절망의 나락을 도대체 언제 벗어날 수 있을까?"

이미 남들은 석사 논문을 다 쓰고 졸업해서 유학도 가고 있는 데 나는 아직도 석사 논문을 마무리하지 못한 상태였기 때문이다. 물론 그사이 내가 번역한 책이 4권이나 되었다. 지금은 번역서를 논문 2편으로 쳐주지만, 그 당시는 학술적으로 전혀 인정되지 않았다. 논문도 그렇고 건강도 그렇고, 아무튼 여러 가지 면에서 최악의 상황에 처한 것이다. 지금은 어떤 상황이든 그 상황을 반전시킬 수 있는 나름대로 역량이 있지만, 당시는 그저 비관만 하는 경우가 많았다. 내가 석사 논문을 쓰고 졸업한 것은 무려 6년 만이었다. 남들은 길어야 3년인데 나는 그 두 배가 걸린 셈이다. 학부 성적도 좋지 않았고, 대학원 논문도 이렇게 오래 걸린 내가 도저히 대학에서 자리 잡을 기대를 하는 것 자체가 이상할 정도였다. 나는 한 마디로 완전한 낙오자라는 느낌마저 들었다.

논문 학기가 길어지기는 했지만 그래도 나에게는 학문적 자신감과 소신이 있었다. 이런 것들이 없었다면 나는 벌써 전에 무너졌을 것이다. 나는 평생 아웃사이더로 살아왔다. 소도 누울 곳이 있어야 눕는다고 하는데, 나에게는 누울 곳도 비빌 언덕도 없었다. 결국 나는 나 자신을 믿고 나 자신의 나와바리를 만들고 나 자신의 에너지장을 만들어야 나 자신이 생존할 수 있다고 생각했다. 수십 년 전이나 지금이나 이런 생각은 변함이 없다. 그래서 나는 스스로 사유의 아나키스트, 철학 독립군 혹은 테러리스트라는 표현으로 나를 규정하기도 한다. 그것은 나를 지키는 유일한 방식이었다.

당시 L 선생을 중심으로 헤겔 철학을 공부하던 모임이 막 출발했을 때다. 한번은 K대에서 발표회가 있었는데, 이때 발표자는 막 하버마스를 가지고 논문을 쓴 박한수였다. 그런데 그 논문을 발표했을 때 그 자리에 참석한 이호성의 말이 걸작이다.

"이런 쌩 부르주아 철학자를 공부해서 뭐하나?"

극좌로 치닫던 이호성이라 그렇게 말을 할 수 있었을 것이다. 하버마스는 소비에트가 무너지고 냉전이 마감된 후에 사회주의 철학을 공부하던 진영의 지적 공백을 크게 막아주었다. 그는 프랑스의 포스트모더니즘이 유행할 때 독일 비판 철학이 제시한 대안으로 떠올라 한국의 연구자들을 대거 빨아들였다. 한 마디로 이호성의 판단이 잘못되었다고 할 수 있다.

이창우와 이호성, 김현호와 설문재 등을 중심으로 한 S대 철학과 출신들은 L 선생과 일찍부터 관계했지만 동백림사건에 대한 부담으로 발길을 끊었다. L 선생이 섭섭하게 받아들였지만 어쩔 수 없었다. 그들은 서울대 철학과 내에 사회철학 연구실을 만들어서 활동했다. 반면 연고대를 비롯한 타대생들은 헤겔학회 내에서 소모임 형태로 세미나를 진행했었다. 그러다가 L 선생을 중심으로 1984년 Y대 장기원 기념관에서 한국 헤겔학회를 창립했다. 그 대회에는 경향 각지에서 무려 400여 명 가까이 참석하는 등 대 성황을 이루었다. 워낙 지적인 갈망이 크다 보니 그런 현상이 벌어진 것이다. 교수급으로는 명지대의 L 교수, 고려대의 C 교수, 중앙대의 K 교수, 경희대의 H 교수, 경북대의 L 교수 등이 참여했고, 핵심 소장파로는 유상조, 심재기, 양덕현 그리고 이시우가 대외적으로 소개되었다. 헤겔학회는 매년 『헤겔 연구』를 발간하고 내부에는 『정신현상학』과 『논리학』 분과 등을 설치해서 분과 활동을 하기도 했다.

우여곡절이 있었지만 나는 석사 논문을 마칠 수 있었다. 내 논문은 "헤겔 『논리학』에서 관계 개념"이었다. '관계' 개념을 통해 헤겔 논리학을 재구성한 것이다. 남들보다 오래 고민하면서 썼기에 나름 논문의 질에 대해 자부심이 있었고, 논문이 나오자 평가도 좋았다. 당시 논문의 지도 교수는 해석학을 하시던 P 교수였다. 그런데 정작, 이 논문에 대해서는 또 다른 P 교수가 더 관심을 보여주었다. P 교수는 논문을 다 쓴 다음 이 논문의 몇 가지 주제를 가지고 토론해보고 싶다고 했다. P 교수는 문제에 대해 집요하게 파고드는 면이 강하다. 내일모레면 구순이 되는 지금도 P 교수는 여전히 자신의 문제를 천착하면서 심화시키고 있다. P 교수와 만나면 무언가 문제를 탐구하는 느낌이 들었다. 내가 1986년 여름 몽골을 가기 전에 P 교수와 김포의 스낵바에서 몇 차례 만나서 토론을 한 적이 있었다. 선생은 김포 장기동에 살고 계셨다. 우리는 만나면 뷔페 음식을 몇 가지 챙겨다 놓고 그것을 먹으면서 거의 4시간 가까이 철학 이야기만 나눴다. 잠시 이야기가 다른 이야기로 샜다가도 다시 철학 이야기로 돌아와서 꼬박 4시간을 나눴다. 지금은 기억이 가물거리지만, 철학에 관련된 거의 대부분의 문제를 다뤘다.

석사 논문을 마친 후 토요일 하루를 잡아 P 선생의 연구실에서 따로 만나 논의가 있었다. 헤겔 철학과 내 논문 전반에 걸쳐 P 선생이 질문을 하고 내가 답변하면서 형식을 가리지 않고 토론했다. 그 토론이 끝나고 나서 P 선생이 당신 집 근처에 예약해 놓은 음식점에 가서 식사도 하고 술도 한잔했다. 그날 자리가 파했을 때 비가 많이 내렸는데, 나를 바래다주지 못한 것에 대해 미안해했다. 운전이 서툴기 때문이라고 했다. 아무튼 석사 논문에 대해 이렇게 배려를 해준 것은 굉장한 일이라 할 수 있다. 박사 과정 다니는 내내 P 교수 수업에 참가하면서 문제의식과 관련해 많은 것을 배울 수 있었다.

나는 이 논문에서 '관계' 개념을 가지고 헤겔의 『대논리학』을 재구성하고자 했다. 요즘은 헤겔 연구자들도 논리학을 잘 읽지 않지만, 그 당시는 헤겔의 『대논리학』과 변증법에 대한 관심이 컸다. 변증법은 경험 논리와 달라 사태를 고정불변하고 독립적으로 보는 것이 아니라 관계와 운동 속에서, 그리고 전체와의 연관 속에서 파악하는 논리이다. "진리는 전체이다"라는 헤겔의 유명한 명제는 이런 사정을 잘 보여준다. 나의 논문은 두 가지 목적을 겨냥하고 있었다. 그 하나는 '객관 논리학'의 일반적 구조를 '무관심'과 '지배'라는 문제를 중심으로 서술함으로써 헤겔의 부정의 논리 안에 담겨있는 '혁명성과 해방의 합리적 핵심'을 포착하는 것이며, 다른 하나는 이러한 분석의 결과에 기초하여 헤겔의 사유 안에서 일자와 타자가 상호 공존하는 '보편적 인정 관계', 혹은 지배와 억압으로부터 해방된 '상호 주관성의 관계'를 전망해 보는 것이다. '무관심'과 '지배'는 미카엘 토이니센이 쓴 『존재와 가상』Sein und Schein 이라는 책에서 얻은 아이디어였다.

간략하지만 석사 논문의 핵심 논지를 다음과 같이 정리해 볼 수 있다. 첫째, 그것(존재)은 타자성에 의해 절대적으로 매개되어 있기 때문에 자신의 동일성을 오직 타자성으로서만 확증한다(자기 매몰의 무관심의 지양). 둘째, 그것은 스스로를 필연적으로(논리적으로) 타자와 대립된 계기로부터 관계 전체로 고양시킨다(타자 혹은 부정적인 것에 내재해 있는 혁명성). 셋째, 그것은 그 자체가 타자이기 때문에 자기 부정을 통해 자신의 총체성을 오직 계기로서만 관철시킨다(총체성을 계기로 관철시키는 지배로부터의 해방성). 넷째, 따라서 그것은 부단한 자기 부정 속에서 자기를 긍정하기 때문에 계기→전체→계기로 스스로를 개혁해가는 역동적 과정으로서 나타난다(과정적 총체성).

석사 논문이라 양적으로는 부족할지 몰라도 헤겔의 『대논리학』을 이해하고 해석할 수 있는 하나의 틀을 제시했다는 점에서는 상당히 의미가 있다고 볼 수 있었다. 헤겔의 논리학을 실천 철학의 맥락에서 이해해보고자 했다는 점도 특기할 만한 것이었다. 석사 논문을 마치고 바로 다음 학기에 별로 시험 준비도 하지 않은 상태에서 박사 과정 시험을 보고 합격했다. 그 당시는 박사 과정의 티오가 1~2개 정도뿐이 되지 않아서 경쟁률이 높았다. 이 시험에 떨어져 유학을 가는 경우도 많았다. 그 당시 철학과 과장을 맡고 있었던 P 교수에게 합격시켜 주셔서 고맙다고 인사를 드리러 가니까 "박사 과정은 시험만으로 결정되지 않아요."라는 말로 나에 대한 평가를 돌려서 이야기해주었다. 박사 과정에 입학한 후로는 덩달아 대학 바깥에서의 나의 활동도 많아졌다.

현실과 철학

 이미 철학 바깥의 세상은 훨씬 빠르게 전개되고 있었다. 통치 환경의 측면에서 본다면 전두환 5공 정권은 비교적 운이 좋았다고 할 수 있다. 독재 정권에 대한 국민의 반발이 심했지만, 경제적으로 볼 때는 상당한 발전이 있었다. 당시 경제 수석을 담당한 김재익은 처음부터 정치가 경제에 영향을 미치는 것을 자신이 일하는 조건으로 제시했다고 한다. 그는 소비자 물가지수를 안정적으로 유지하면서 여러 가지 경제 정책을 성공적으로 수행했다. 이때 수입자유화 조치와 중화학 산업 구조조정을 시도했고, 부가가치세 도입과 공정거래법 통과 등 합리적인 경제 조치를 잇달아 성공시켰다. 특히 부가가치세 도입은 김종인 당시 서강대 경제학과 교수의 협력을 얻어 합작품으로 만들어냈다. 이러한 혁신적인 경제 정책이 성공한 데는 이른바 3저 현상이라고 할 저금리, 저유가, 저달러와 같은 주변의 환경이 뒷받침된 것도 크게 작용했다. 그

점에서 전두환은 경제면에서는 상당히 운이 좋았다고도 할 수 있을 것이다. 당시 한국 경제는 1986년부터 1988년까지 연평균 12.1%의 경제성장률을 기록했다. 통계작성이 시작된 60년대 이후 처음으로 국제수지가 흑자를 기록했고, 실업률도 4.0%에서 2.5%로 떨어진다. 드물게 오는 호황기를 거치면서 한국 사회에도 중산층이 형성되기 시작했다. 이런 경제적 성공에 자신감을 가진 전두환 정권은 이른바 '3S 정책'Sex, Screen, Sports을 적극적으로 펼쳐 나간다. 칼러 TV가 안방에 들어오고, 야구와 축구에서 프로 스포츠의 황금시대를 열었다. 정치를 제외한 분야에서 검열을 완화하고, 야간 통행 금지도 해제했다. 3S 정책은 정권 탄생의 트라우마와 독재 정권을 가리려는 방편의 측면도 컸다.

이런 긍정적인 면과 다르게 광주사태의 학살을 경험하면서 운동권 사이에는 더 이상 군부 독재와 타협이 없다는 인식이 널리 퍼졌다. 대학 캠퍼스에서는 거의 매일 같이 일상적으로 전투가 벌어졌다. 매캐한 최루 가스가 잠시도 캠퍼스에서 사라진 적이 없었다. 덕분에 대학 주변의 일반 가정집이나 병원도 최루 가스로 고통을 심하게 겪었다. 하지만 그것으로 인해 학생들의 전투 의지는 더욱 강렬하고 극렬해졌다. 모든 이론은 이런 현실을 배경으로 탄생한다. 80년대는 사회과학의 전성시대라 할 만큼 사회과학 관련 서적도 많이 출간되었다. 대부분 번역서이었지만 창작과 비평이나 문학과 지성, 그리고 기타 부정기 무크지들을 통해 수많은 이론과 현실 비평들이 등장했다. 한편으로 군부 독재가 유지되면서도, 다른 한편으로 경제가 비약적으로 성공하는 대한민국의 성격이 무엇인가를 둘러싸고 한국 사회구성체 논쟁도 치열하게 벌어졌다. 한국 사회에 대한 정확한 분석이 이루어져야 변혁 운동도 얼추 그에 맞게 전개될 수 있기 때문이다. 그런 의미에서 한국 사회에서 1980년대는 드물게 경험할 수 있는 백가쟁명의 시대이고, 한국판 르네상스의 시대라고도 할 수 있다. 모든 이론은 시대의 불행에서 싹트는 꽃과 다름없다.

당시 한국 사회의 성격을 어떻게 이해하느냐는 초미의 관심사이고 논쟁거리였다. 이때 마르크스 류의 경제학이 유입되면서 한국 사회를 남미와 같은 제3 국가들처럼 이해하는 '종속이론'이나 '주변부 자본주의론'이 많이 유행했다. 한국과 같은 제3 국가들을 선진 자본주의에 종속된 국가로 이해하는 것이다. 또한, 한국 사회는 겉은 자본주의 국가를 표방하고 있지만, 여전히 유교식 위계질서Hierarchy가 강력하게 유지되고 있고, 봉건적인 관행이나 관념이 지배하는 사회로 파악하고자 했다. 이른바 '식민지 반봉건 사회론'이 그것이다. 다른 한편으로는 한국 경제가 비약적으로 성장하면서 이른바 재벌 군단이 형성되고, 이들이 문어발처럼 확장하는 게 유행처럼 이루어지고 있다. 거대한 공장과 기업이 만들어지면 동시에 공장 노동자들의 규모도 커지고 사무직 노동자들의 숫자도 비약적으로 늘어났다. 마르크스가 "만국의 노동자여, 단결하라"고 한 것처럼 노동계급의 비약적인 성장은 새로운 혁명의 강력한 동력이 될 수도 있다. 이런 문제를 단순히 종속이론이나 식민지 반봉건 사회 이론 정도로는 파악할 수가 없게 된다. 당시에 마르크스주의의 대안으로 유입된 주체사상은 단순히 계급론으로 설명될 수 없는 분단 민족의 구체적 현실을 바꾸는 논리로 각광을 받았다. 주체사상은 북한 사회를 건설하고 개조하는 과정에서 만들어진 현실적 이론이다. 마르크스주의가 혁명 이론으로 강력한 힘을 발휘하고 있지만, 각국의 혁명 상황은 다 다를 수밖에 없었다. 가장 후진적인 러시아에서 레닌 주도의 혁명이 일어났을 때 유럽의 수많은 마르크스주의자는 마르크스의 예측과 다르게 진행되는 사회주의 혁명에 대해 이의를 제기했다. 마찬가지로 식민지 경험에서 서구 자본주의의 시민사회 경험을 겪지 못하고 공산주의 체제로 진입한 북한 사회에 혁명의 일반 이론을 적용하기에는 무리가 따르지 않을 수 없다. 북한 사회에는 여전히 봉건적인 잔재가 남아서 인간관계가 강력한 영향을 미치고 있었다. 이런 상황에서는 사회와 역사를 만들어가는 인간 개조가 중요하고, 그들이 중심이 되어 사회 혁명을 이끌어가야 한다는 주체 의식이 중요했다.

　사실 '사구체'(사회구성체) 논쟁은 80년대의 변화된 한국 사회의 배경을 둘러싸고 전개된 최대의 사회 이론 논쟁이었다. 지난 100년간 한국 사회에 각종 서구 사상의 수입이 거의 무비판적으로 이루어진 감이 없지 않다. 부분적으로 특정 사상가나 특정 이론을 둘러싼 논쟁은 있었지만, 이렇게 한국 사회의 성격을 밝히기 위해 그동안 수입된 각종 이론이 시험대에 오르기는 처음이었다. 이 논쟁으로 인해 사회과학을 하는 이들은 끊임없이 기존에 제시된 이론을 검토하고 새로운 이론을 모색했다. 그 열기는 참으로 대단했다. 이론가들만 그런 것이 아니라 현장에서 활동하는 운동가들과 대학생들까지 심대한 관심을 두었다. 당시 혜성같이 등장한 이진경의『사회구성체론과 사회과학방법론』은 실타래처럼 얽히고설킨 사회구성체 논쟁에 한 줄기 빛을 제공했다. 사회구성체 논쟁은 1985년『창작과비평』57호의 지면을 빌어 박현채의 국가독점자본주의론(이하 국독자론)과 이대근의 주변부자본주의론(주자론)이 충돌하면서 시작되었다. 80년대 들어 3저 호황을 배경으로 본격 자본주의 단계에 들어온 한국 사회에서 주자론을 이어서 식민지반봉건론(식반론)이 국독자론의 논쟁을 이어갔다. 이때 서울대 경제학과 대학원생인 이진경은『사회구성체론과 사회과학방법론』((사사방)·아침 발행)을 들고 논쟁에 가세했다. 그는 정통 마르크스-레닌주의 입장에서 NL 측 식반론과 PD 측의 국독자론까지 일거에 논파하면서 혁명 시대의 새로운 사회과학방법론을 제시했다. '이것이 진짜 경제학이다'의 약칭을 이진경이라는 필명으로 사용한 그가 일으킨 이론적 깃발은 이 땅의 수많은 활동가와 연구자들의 지침서로 읽혔다. 그것을 대학원생이 썼다는 것이 믿기지 않을 정도였다. 이 책은 당시 헤겔학회 세미나에서도 단연 화제였다. 헤겔학회에는 양덕현 씨가 이론적 기수의 역할을 하고 있었는데, 그는 이 책의 논지에 상당히 비판적이었다. 그래서 내가 비판적 논평을 써보라고 부추겨 보았다.

"양 선생, 말로만 하지 말고 직접 비판적 논평을 써보는 게 어때요?"

하지만 그는 미소만 지을 뿐 특별한 반응을 보이지 않았다. 이 책을 비판하는 것 자체가 첨예한 논쟁의 한 가장자리로 뛰어드는 것이기 때문에 어느 정도는 리스크를 감행해야 할 것이기 때문이다. 무엇보다 철학도가 사회과학 논쟁에 뛰어든다는 것 자체가 더 그렇게 보였다. 결국 그는 논평을 쓰지 않았다.

80년대 매일같이 대학가와 거리에 매캐한 최루탄 가스가 휩쓰는 가운데 사구체론 등 사회과학에 대한 이론적 관심도 대단히 높아졌다. 덕분에 사회과학 서점들이 대학가 곳곳에 생겼고, 이 서점들은 늘 책을 구매하려는 학생들로 붐볐다. 대표적으로 S대 앞에는 '광장서적'과 '오월서적'이 있었고, 신촌의 Y대 앞에는 '오늘의 책'에 학생들이 많이 드나들었다. K대 앞에는 '동방서적'이 유명했다. 광화문에는 사회과학책들만 전문적으로 취급한 '논장'이 있었는데, 이곳의 P 모 사장은 나하고 중부서 유치장 동기였다. 오늘날 카페가 유행하듯 당시는 사회과학 서점들의 전성기여서 전국적으로 무려 140개나 되었다. 서점들이 많다는 것은 그만큼 책에 대한 수요가 많다는 것과 같다. 이런 서점들에 가면 진열된 책들 외에도 이른바 금서들이나 일본에서 나온 사회과학 서적들도 구할 수 있었다.

80년대는 크고 작은 인문 사회과학 출판사들이 넘쳤다. 이런 출판사들은 대개는 감방에서 출옥해 달리 직업을 구하기 힘들었던 운동권 출신들이 운영하는 곳이 많았다. 대표적으로 한길사가 그랬고, 동녘출판사도 마찬가지이다. 오늘날 중견 출판사들 가운데 80년대에서 성장한 출판사들이 많았다. 그리고 이들 출판사에서 수많은 책이 번역되고 있었기 때문에 번역 연구자들도 많았다. 지금은 박사 출신도 번역을 맡기가 쉽지 않았지만, 그 당시는 석사 과정을 밟으면서도 번역을 많이 했다. 나 역시 석사 과정 때 이미 책 4권을 번역하기도 했다. 서점과 출판사, 그리고 전문 번역가들이 삼위일체가 되어 80년대의 폭발적인 지식 르네상스를 형성한 것이다. 공부와 연구는 대학이 아니라 대학 바깥의 사회에서 진행되었다.

NL민족해방과 PDPeople's Democracy Revolution, PDR, 민중 민주주의 혁명은 한국 사회를 둘러싼 대표적인 두 노선이다. 이들은 운동권을 양분하면서 지금도 여전히 영향력을 발휘하고 있다. 민족 문제를 중시해 북한과 힘을 합쳐 미 제국주의를 축출할 것을 핵심 과제로 보았던 NL과는 달리, PD는 우리 사회의 핵심 문제를 계급 문제로 보고 노동운동과 연계해 자본주의를 철폐할 것을 주장했다. NL이 한국사회의 주요 모순을 민족 모순으로 보고 통일을 핵심 과제로 삼았다고 한다면, PD는 그것을 계급 모순으로 보고 한국 자본주의의 대표적인 재벌 문제나 노동 문제의 해결에 주력했다. 이렇게 주요 모순을 어떻게 보느냐에 따라 혁명의 1차 목표가 달라질 수밖에 없고, 그에 따라 여러 가지 형태의 조직과 운동 방식도 마찬가지이다.

사회과학의 이런 움직임은 당연히 철학계에도 영향을 미치지 않을 수 없었다. 물론 여기서 말하는 철학계는 아카데미 권의 철학계를 의미하는 것이 아니라 한국 헤겔학회의 소장파들이나 대학원생 중심으로 운영되던 S대 사회철학연구실의 소장 연구자들을 말한다. 1984년에 정식으로 출범한 〈한국헤겔학회〉는 내부에 젊은 연구자들을 중심으로 분과를 여러 개 운영하고 있었다. 주로 『정신현상학』과 『대논리학』, 그리고 마르크스의 초기 저작들 중심으로 강독 모임도 있었다. 당시 헤겔학회는 L 선생이 헤겔 『법철학』 책을 출간했던 〈지식산업사〉의 K 사장의 배려로 광화문 뒤편에 있는 지식 산업사에 정기적으로 모여서 강독과 세미나를 했다. 이 세미나가 끝나면 근처의 술집에서 술을 마시며 당시 정세와 관련된 논쟁들을 많이 했다. 이런 논쟁을 하기에는 1987년이 아주 특별한 의미를 띠었다.

1987년 초 서울대 언어학과의 박종철 군이 남영동 대공분실에서 조사받다가 물고문으로 사망하는 사건이 일어났다. 대공분실의 조사관들과 경찰 수뇌부들은 자신들의 범죄 행위를 은폐하기 위해 온갖 방법을 동원했지만, 손바닥으로 하늘을 가릴 수는 없었다. 이 사건이 최초로 보도된 것은 중앙일보 1987년 1월 15일 자 사회면에 나온 '경찰에서 조사받던 대학생 쇼크사'라는 기사다. 그 이후 이 사건은 도하 일간지에 일제히 보도되면서 일파만파로 퍼져나갔다. 그때 나는 도봉산 친구 집에서 자취하고 있었다. 배달된 동아일보에는 '박종철 고문치사'라는 제하에 1면에 크게 보도되고, 그에 관한 분석 기사가 온 신문을 도배했다. 이런 특종 보도는 동아일보뿐이 아니다. 오늘날 많은 지탄을 받고 있는 조선일보나 중앙일보도 마찬가지였다. 그 당시는 시내 일간지 모두 합심해서 민주화 관련 뉴스들을 전달했다.

박종철 고문치사 사건은 1987년의 격렬한 민주화 투쟁을 상징하는 선봉 역할을 했다. 1987년 6월 10일 서울 시내는 곳곳에서 '독재 타도, 호헌 철폐!'의 구호를 외치는 데모대들과 그들을 저지하려는 경찰들 간에 격렬한 투쟁이 있었다. 최루탄 가스가 온 시내를 덮고 있어서 밖을 돌아다니기가 힘들었다. 그 당시 종로와 명동 등에서 데모하던 대열들이 경찰에 쫓겨서 명동 성당으로 들어갔다. 그날 5시쯤 성당 안으로 들어간 데모대는 횃불을 들고 '독재 타도, 호헌 철폐!'를 외치면서 경찰과 투석전을 벌였다. 명동 성당의 이 시위는 외부에 빠른 속도로 알려지면서 이른바 6·10 데모가 서울뿐 아니라 광주와 부산 등 전국적 규모로 시위가 확산되는 계기가 되었다.

400여 명의 시위대가 명동 성당에 갇혀 어려운 상태에서 시위할 때 근처의 상인과 회사원들이 음으로 양으로 시위대를 도왔다. 그들은 성금을 모아서 전달하고, 크고 작은 생활용품들을 보내기도 했다. 명동 주변에는 늘 새로운 시위대가 모여서 지지 시위를 했다. 때문에 그들은 섬에 고립된 채로 저항한 것이 아니다. 오히려 명동 시위대는 6·10 민주화 시위가 전국적으로 확산되는 기폭제 역할을 했고, 시위를 이끌어 가는 상징적 동력이 되었다. 당시 정부는 명동 성당 시위의 영향력을 차단하기 위해 '명동 사태 엄단 방침, 강제진압 불사' 등을 언론에 유포했지만 한번 불붙은 시위의 열기를 끌 수는 없었다. 이 시위는 무려 5일 동안 지속되다가 내부 연합 회의를 통해 자체 해산했다. 물론 경찰 측과의 협상을 통해 시위대의 안전 귀가를 보장한다는 조건 하에서였다.

당시 우리는 광화문 뒤편의 지식산업사에서 진행하던 헤겔 세미나가 끝난 후 한 선술집에서 술을 먹고 있었다.

"이번 명동 성당 시위의 효과는 굉장한 것 같아요."

한 친구가 자연스럽게 명동 성당 시위에 관해 말문을 텄다.

"그렇지요. 박종철 고문치사 사건 이후로 고조된 시위가 결정적인 뒷받침이 된 거지요."

"이번 시위에서 두드러진 것이 무얼까요? 제 생각에는 시위가 열리면 주변 상인들이 고통을 많이 당하잖아요. 최루 가스로 고생하고 손님들이 다 빠져나가는 등 이중 삼중으로 고통을 당하지요. 그런데 그런 상인들이 일반 시민들과 함께 지지 시위도 하고 시위에 필요한 용품도 지원하고 그랬다는군요. 이것은 '독재 타도, 호헌 철폐!'의 구호가 상당한 대중성을 얻었다는 것을 의미한다고 생각합니다."

다른 친구가 명동 성당 시위의 의미를 적극 해석하고 있다.

"맞습니다. 이번 시위에는 일반 시민과 상인들, 그리고 항상 시위에 냉소적인 넥타이 부대가 대거 참석했다는 것에도 의미를 두고 싶어요. 이번 시위는 이런 특징들로 뒷날 기록될 수 있을 것 같아요. 대중성의 확보라는 혁명의 일차적인 의미가 달성되었다고 봅니다."

"그런데 시위를 자발적으로 푼 것은 좀 문제가 있지 않나요?"

평소 과격한 이미지를 풍기던 한 후배가 문제를 제기했다.

"반드시 그렇지는 않을 겁니다. 이미 시위의 효과를 충분히 거둔 상태이니까요?"

"내 생각에는 명동 성당 시위가 6·10 민주화 시위의 효과를 좀 더 끌어 올리기 위해서 끝까지 갔어야 한다고 생각해요. 이를테면 경찰이 성당 안으로 진입할 때까지 버티는 것이 지금 전국적으로 일어나고 있는 시위를 계속 끌고 가는 동력이 될 수 있을 거라 생각합니다. 그런데 5일 만에 자발적으로 해산한 것은 역시 청년들이나 지식인들의 미숙함이나 나약함을 보여주는 것 같습니다."

문제 제기한 후배가 계속 자발적 해산의 문제를 지적하고 있다. 어디든 이렇게 관념적인 과격론자들은 빠지지 않는다.

"당신은 명동 시위에 근처라도 가서 지지 시위를 해본 적이 있나요?"

너무 입만 가지고 과격하게 주장하는 모습이 보기 좋지 않아 내가 카운터를 먹였다.

"개인적으로 바뻐서 참여는 못 했습니다."

술자리에서조차 명동 성당 시위의 진행은 우리들의 의식을 단련시키는 충분한 계기가 되고 있었다.

한 번 당겨진 시위의 불길은 누구도 잡을 수가 없었다. 시위는 꼬리에 꼬리를 물고 새로운 희생자를 예비하고 있었다. 이 과정에서 아주 큰 일이 터졌다. '6·10 대회 출정을 위한 연세인 결의대회'에 참석해서 시위하던 한 학생이 Y대 정문 앞에서 경찰이 쏜 직격 SY44 최루탄을 맞고 쓰러진 사건이 일어났다. 당시 경영학과 2학년생인 이한열 군이었다. 그가 최루탄을 맞고 축 늘어져 있고, 동료들이 그를 부축하는 모습이 극적으로 카메라에 포착되어 도하 일간지에 일제히 실렸다. 이한열은 바로 근처의 세브란스 병원으로 옮겨져서 뇌수술을 받았다. 한열 군은 7월 5일 뇌 손상으로 사망할 때까지 무려 25일 동안 세브란스 병원 중환자실에서 사투를 벌였다. 그 사이 그의 무사 회복을 기원하는 수많은 집회가 열렸지만, 결국 한열 군은 만 21세의 젊은 나이에 민주화를 위한 피의 제단에 올려졌다.

이한열의 장례식은 1987년 7월 9일 '민주 국민장'으로 치러졌다. 그날, 그 하루 무덥던 날은 내 기억에도 선연했다. 나는 아침 일찍 양복을 차려입고 신촌의 Y대로 향했다. 이미 교정에는 추모객들로 가득 차 있었다. 젊은 나이로 죽은 한열 군의 죽음을 안타까워하면서 흐느끼는 소리가 도처에서 들렸다. 민주화를 위한 수많은 시위대가 앞세운 만장이 가득 찼다. 내가 Y대를 오래 다녀봤어도 이날만큼 많은 인파는 처음 경험했다. 추모 제단은 본관으로 올라가는 계단 위 언더우드 상 바로 앞에 차려져 있다. 그날 수많은 추모 인파들이 운집해 있는 곳에서 문익환 목사의 애끓는 목소리가 들렸다. 그는 그동안 민주화 제단 위에 뿌려진 민주 인사들의 이름을 하나둘씩 큰 목소리로 불렀다.

"종철아!"

"한열아!"

70~80년대에 희생된 민주화 열사를 한 명 한 명 부르는 그의 목소리는 7월의 푸른 하늘 위로 뿌려지는 초혼가였다. 다시 불러 세워진 죽

은 영령들 틈에 이제 막 죽은 한열 군의 영령도 함께 있는 것 같았다. 사실 한국의 1970~80년대는 박정희의 유신 독재와 광주 학살 위에 세워진 전두환 정부에 반대하는 투쟁에서 젊은 청년들의 희생이 수도 없이 이루어졌다. 이 시대는 젊은 청년들의 희생에 빚진 바가 크다. 그들의 크고 작은 희생이 있었기에 오늘날 우리가 누리는 자유와 민주가 가능한 것이다. 그런 의미에서 한국인들은 모두 그들의 희생에 마음속 깊숙이 애도해야 할 것이다.

'종철'이란 이름을 들을 때는 나 자신이 민주의 제단 위에 뿌려진 선혈과 같은 느낌마저 들었다. 그날 운구 행렬은 Y대 본관과 신촌 로터리를 거쳐 서울시청 앞 광장을 향했다. 거리는 수많은 인파로 가득 찼다. 아현 고가 다리 위에도 추모 행렬이 가득 찼다. 시청 앞 광장에 모인 추모객의 수가 무려 백만이 넘고, 전국적으로 150만이 넘는다고 언론이 보도했다. 이미 언론의 뉴스도 정부가 국가 안보와 질서 유지의 차원에서 통제하는 수준을 넘어섰다.

한열 군의 죽음은 그 어떤 것 이상으로 민주화 운동사에서 극적인 역할을 했다. 병원 안팎에서 그의 회복을 기원하던 수많은 시위대의 압력에 대해 군부 독재 세력들 역시 진로를 정하지 못한 채 우왕좌왕하고 있었다. 그러다가 마침내 더 이상 감당하지 못하게 되자 1987년 6월 29일 대통령 후보였던 노태우_{盧泰愚} 민주정의당(약칭 민정당) 대표위원이 당시 국민의 민주화와 직선제 개헌 요구를 받아들이는 특별 선언을 감행한다. 그들도 더 이상 과거처럼 군인들의 군홧발로 더는 막을 수 없다는 것을 깨닫게 된 것이다. 하지만 이면에는 설령 대통령 선거를 한다 해도 김영삼과 김대중으로 대변되는 야권의 분열을 잘만 이용한다면 충분히 승산이 있다는 판단이 있었기 때문에 벼랑 끝 전술을 세운 것인지도 모를 일이다.

사실 이런 우려가 저절로 생긴 것은 아니다. 한국의 민주화 운동사에서 김영삼과 김대중의 경쟁은 잘 알려져 있다. 경남 거제에서 태어난 김영삼은 서울대 철학과를 나와 만 25세에 제3대 민의원 선거에 출마해 당선되며 역대 최연소 국회의원이 되었다. 그는 다선 국회의원을 지내며 유신정권의 야당 지도자로서 민주당 원내총무, 민정당 대변인, 신민당 원내총무로 활동하며 민주화 운동을 이끌었다. 결정적 시기에 기민한 순발력을 발휘하는 그의 정치력은 당시에도 충분히 인정받고 있었다. 반면 전남 신안 출신의 김대중은 자수성가형 인물이자 고통과 수난의 상징적인 정치인이기도 했다. 그는 박정희의 유신 체제에 반대하다가 바다에 수장될 뻔한 경험도 갖고 있었다. 그는 광주사태의 주범으로 몰려 군사 법정에서 사형 선고를 받은 바 있다. 미국과 일본을 위시한 수많은 재외 인사들의 탄원과 압력으로 목숨을 보전한 그는 미국으로 망명해서 그곳에서도 줄기차게 민주화 운동을 계속했다. 국내 사정이 어느 정도 호전되자 그는 1985년 2월 암살 위협을 무릅쓰고 귀국해서 당시 통일 민주당의 상임고문을 맡고, 1987년 7월 9일 사면 복권되었다. 그는 신군부의 계엄령을 이유로 대통령 선거 불출마 선언과 그 이후 번복으로 정치적 부담을 안고 있었다. 대통령 선거가 개최되면 영원한 정치적 라이벌인 김영삼과 김대중의 분열은 필연적일 수밖에 없었다. 신군부가 이를 겨냥해 승부수를 던진 것이다. 광주사태를 일으킨 그들이 정권을 호락호락 내놓을 것이라 생각했다면 너무 순진한 생각이다.

선거일이 다가오자 우려했던 현실이 점차로 구체화되었다. 민주화라는 공동의 목표에 서 있었던 사람들이 이제 김영삼 진영과 김대중 진영으로 양분됐다. 어디를 가든 두 진영 간에 논쟁이 치열했고, 투쟁도 격심해졌다. 이도 저도 싫은 사람들은 둘 다 꼴 보기 싫다고 했지만, 정치는 엄연한 현실이고 대권은 그것을 실현시키기 위한 강력한 수단이었다. 그나마 현실 비판적인 지식인들은 김대중 지지의 명분으로 상대적 의미를 내세워 비판적 지지 진영을 형성하기도 했다. 선거의 영향은 전라북도에 뿌리를 두고 있었던 나의 집안에도 밀어닥쳤다. 수많은 호남인이 직간접적으로 연락을 취해 왔다. 당시 나는 어느 진영도 지지하지 않겠다는 중도파로서 어중간한 스탠스를 유지하고 있었다. 물론 심정적으로는 김영삼보다는 김대중이 되었으면 했지만, 현실적으로는 불가능해 보였다. 양측은 후보 단일화를 위해 노력도 했지만, '내가 먼저!'를 외치는 순간 단일화는 물 건너갈 수밖에 없었다. 결국 그해 12월 16일 열린 대통령 선거는 노태우의 완판 승리였다. 단일화를 이룩했으면 얼마든지 승리할 수 있었지만 분열은 패배할 수밖에 없음을 여실히 보여주었다. 선거가 있었던 날 나는 도저히 도봉산에 그대로 있을 수 없었다. 그날 도봉산에서 지하철을 타고 사당역까지 왔다가 선거 결과를 확인하고 역 근처의 포장마차에서 혼자 술을 마셨다. 아! 이런 결과를 보자고 그렇게 수많은 사람이 목숨 걸고 투쟁했는가라고 생각하니까 너무나 허무하고 분했다. 지난 1년간 있었던 수많은 사건이 한순간 주마등처럼 흘러가면서 눈물이 흘렀다. 내가 선거에 진 것이 아닌데도 불구하고 참으로 씁쓸한 패배의 경험을 한 것이다.

1987년 12월 대통령 선거와 상관없이 한번 열린 민주화의 도도한 수문은 누구도 막을 수가 없었다. 선거가 끝나면서 전국 사업장마다 노동자들의 생존권 투쟁이 격렬하게 일어났다. 과거의 시위가 자유와 인권과 같은 부르주아들의 가치를 위한 것이라고 한다면, 88년 이후 전국 각지의 노동 현장에서 급격하게 일어난 노동자들의 시위는 변혁 운동의 성격을 재조정해야 할 만큼 달라졌다. 이제 한국 사회의 변혁 운동에서도 계급 모순이 전면에 부각되고 있는 것이다. 다른 한편 대통령으로 당선된 노태우는 '보통 사람들'을 위한 이미지 정치를 펴면서 여소야대의 현실을 극복하기 위해 김영삼과 김종필을 끌어들여 전격적으로 3당 합당을 선언했다. 그는 88 올림픽을 성공적으로 치르면서 국가의 이미지 제고에도 성공했다. 그는 1991년 한반도 비핵화 선언을 했고, 중국과 러시아 등 공산 국가들과 외교 관계를 수립한 '북방 정책'을 성공적으로 이끌었다. 그의 재임 기간 중 분단으로 인해 섬처럼 지내왔던 한국이 비로소 유라시아 대륙과 다시 연결된 긍정적인 면도 있다.

이런 국내외 상황이 달라지면서 국내에서 활동하는 학술단체 간의 상호 소통과 교류를 위한 협의회가 1988년 6월경 한양대학교에서 '80년대 한국 인문 사회과학의 현 단계와 전망'을 주제로 제1회 연합 심포지엄이 개최했다. 이 자리에는 사회철학 연구실의 소장 철학자 중의 한 사람인 김주현이 논문을 발표했고, 김지호는 사회를 잘 보아 사회주의자라는 별명을 얻기도 했다. 그 이후 11월 5일 문학예술연구소, 보건과사회연구회, 사회철학연구실, 여성사연구회, 역사문제연구소, 한국농어촌사회연구소, 한국사회언론연구회, 한국산업사회연구회, 한국역사연구회, 한국정치연구회 등의 10개 진보적 학술단체가 모여 '학술단체협의회'를 창립했다. 80년대에는 각 분야별로 전문 학회들이 만들어지면서 그 수가 급증했다. 80년대 한국사회의 전반에 대한 문제의식이 축적된 결과였다.

이런 시대적 흐름에 맞춰 소장 연구자들 모임인 한국 헤겔학회와 S대 철학과의 소장 연구자들이 운영하는 사회철학 연구실 간에도 통합의 움직임이 일어났다. 이제 철학도 시대적 요구에 적극 복무하고 우리 시대의 문제를 철학함의 대상으로 삼아야 한다는 움직임이 적지 않았다. 이미 S대 사회철학 연구실 선배 그룹에서는 1997년 『시대와 철학』 창간호를 내기도 했다. 당시 이 잡지의 발간사에 드러난 문제의식은 대부분의 실천적 철학 연구자들이 공유하던 생각을 대변했다.

『시대와 철학』 창간 선언문은 "시대의 아픔과 고민을 같이하면서도 개념적인 긴장을 놓치지 않으려는 의도"라고 하면서 "철학은 그 시대를 사상 속에서 파악한 것"이라는 헤겔의 명제를 통해 자신들의 관점을 분명히 했다. 그들은 종래의 한국 철학자들이 보여주던 비현실적인 자기 독백이나 철학자들끼리의 속삭임을 거부하고, 허구한 날 외국의 이론과 사상을 수입만 하는 반시대적이고 현학적인 철학들을 비판하고 '주체적 철학'의 길을 제시하였다. 그들이 말한 '주체적 철학'은 1. 근원적 실천으로서의 철학, 2. 생산자적 철학, 3. 비판적 철학으로서, '분단'과 '민중해방'의 문제를 철학적 과제로 제기하고 철학의 대중화를 수행하는, 현실 변혁의 무기로서 철학을 의미하는 등 지금 보아도 손색이 없을 만큼 문제의식만큼은 대단했다. 첫 번째로 이론 투쟁을 하나의 실천으로 보면서 철학은 제반 인문 사회과학들의 근거를 보다 심층적이고 근원적으로 본다는 것은 철학의 입지점과 정체성을 밝힌 것이다. 두 번째는 시대적 제약으로 인해 철학이 프롤레타리아의 두뇌라는 마르크스의 표현은 천명하지 못했지만, 적어도 일하는 사람들의 입장에 서겠다는 것을 밝혔다. 마지막으로 '시대와 철학'은 비판 철학, 분단과 민중해방을 철학적 과제로 삼으면서 철학을 현실 변혁의 무기로 만들겠다고 했다. 이것은 철학 역시 한국 사회의 변혁 운동의 연장 속에서 활동해야 함을 밝힌 것이다.

한국헤겔학회

이런 움직임은 소장 연구자들의 모임인 한국헤겔학회의 경우에도 다르지 않았다. 당시 내가 회장을 맡고 있었던 헤겔학회는 20여 명의 회원이 7월 30, 31일 양일간 우이동에 있는 사슴목장으로 MT를 갔다. 이 자리에서 나는 사회 변혁에 제대로 부응하기 위한 철학운동의 맥락에서 학회의 지난 활동 현황을 반성하고 미래를 전망하는 글 하나를 발표했다. 그 문건은 먼저 '한국헤겔학회'의 연혁과 현황을 밝히는 것으로 시작하고 있다.

한국헤겔학회를 점검하기 위해서는 먼저 그 전신이 되는 헤겔 연구회를 살펴볼 필요가 있다. 물론 연구회 전에도 L 선생님을 중심으로 한이호성, 황장현, 김현호 등의 사적 모임이 70년대 말에서 81년까지 있었지만, 그것이 연구회와 같은 연속성은 거의 없었다. 연구회는 L 선생님과 Y대생들이 1984년 말엽에 마련한 사적 모임에서 처음으로 제기되어 그 후 L 선생님과 개인적 친분이 있는 K대생(김익수, 양덕현, 김지용) 및 이호성을 중심으로 한 서울대생(설문재, 박현호, 서상권 등)과 급속히 전개되어 1985년 1월경 양덕현 씨 석사 학위 논문 발표와 곁들여서 L 선생 댁에서 최초의 모임을 가졌다. 그 후 서울대 측이 내부 사정(사회철학연구실의 준비 과정)을 이유로 참여하지 않은 채 연·고대 및 기타 대학 사람들을 중심으로 고대 대학원 세미나실에서의 두 번째 모임(박한수의 하버마스 논문 발표)을 필두로 본격적으로 L 선생과 모 출판사의 도움을 받아 사무실을 마련하고 외형적인 골격을 갖추면서(초대 회장 김익수) 정기적인 월례 발표회를 가졌다. 이 당시에는 물론 초창기의 의욕이 대단했음에도 불구하고 첫째 구성원들 간의 동질성 결여와 연구회에 대한 목적의식의 차이성이 수렴될 수 있는 기반이 적었고, 둘째 구성원들의 개인적 연구 역량이 일천했기 때문에 공동 연구를 통한 뚜렷한 성과를 기대할 수가 없었다. 그러나 무엇보다 큰 연구회의 한계는 헤겔 철학을 통한 변증법 연구를 목적으로 하면서도 사회 역사적 현실에 대한 개인적, 조직적 차원의 인식이 결여되었다는 데에 있다. 연구회 내부에도 실천적 관심이 강한 진보적 인물이 없었던 것은 아니나 그것이 연구회 성격을 규정해내는 힘으로 외화 되지 못했다.

시대의 구체적 모순과 접맥될 수 있는 통로를 마련하지 못한 데 있다. 85년 초 12대 총선을 계기로 폭압적 정치 질서가 재편되면서 일반 대중들의 정치의식 성장, 학생운동 내부에서의 사투(사상 투쟁) 및 선도적 투쟁의 강화, 그리고 노동운동, 농민 운동, 재야 공개 운동 등 제반 민주화 운동 세력이 부상하는 가운데 한사연, 망원, 문예연 등 진보적 연구단체를 중심으로 과학적 운동 이론의 정립과 연구단체의 집단성을 통한 정치 역량의 강화가 진지하게 논의되고 있었고 또한 모순에 대한 구체적 인식이 심화되면서 1986년의 치열한 사구체 논쟁의 단초를 마련했다. 하지만 이 시기 연구회가 적어도 헤겔적 표현을 빌릴지라도 '생동하는 이념의 운동 현장'에 대해 개념적 수준의 자각조차 하지 못한 것은 사실이며 헤겔 철학, 나아가서는 이 시대의 강단 철학이 한국 현실에 대한 상식적 수준의 인식 매개도 이룩하지 못한 데는 몇 가지 원인이 있다.

이러한 자각이 집단적 차원에서 이루어지기 위해서는 1987년 중반 이후까지를 기다려야 했다. 아무튼, 1985년에는 백산서당에 마련된 연구 공간에서 학위 논문의 월례 발표회와 주 2회의 분과별 모임(이 당시 사회철학 분과가 있었다)을 통해 『정신현상학』, 『논리학』, 『법철학』 등의 챕터별 발표를 통해 개인적 연구 역량을 축적하는 데 주력했다. 헤겔 철학 전반에 대한 스터디 형태의 연구 모임은 그해 가을경 백산서당을 나와 서울 미술관으로 장소를 옮겨 1년 이상 지속되었다. 1986년에 들어서는 유상조 씨가 2대 회장으로 모임을 이끌었으며, 이 과정에서 회원들의 연구물이 적지 않게 축적되었고 학위 논문 및 기타 논문, 번역서 등이 발간되었고, 또한 회원의 인적 구성에서도 다소 간의 변동이 있어 독일로 유학 간 회원(김익수, 김지혜), 정치 활동으로 인한 구속과 도피(홍희경, 이호성, 김지용, 최성수, 홍두용), 그리고 81학번까지 모임에 참석하게 되었다.

이어서 문건은 한국헤겔학회와 L 선생의 관계, 『헤겔연구』지의 내력과 한계 등을 비판적으로 검토하고 있다. 사실상 L 선생의 독주에 대한 비판이라고 할 수도 있을 것이다.

이 시기 L 선생은 연구회가 탄생할 수 있는 초석이 되었으면서도 연구회의 모임에 실질적으로 참여하기보다는 뒤에서 후원하는 입장이었다. L 선생은 『헤겔 연구』 1집을 편집함으로써 '헤겔 연구회'가 성립할 수 있는 지적 분위기를 만들었으며, 계속해서 2집과 3집을 통해 국내의 헤겔 연구가들을 결집하는 중심 역할을 했으며 또한 회원들 및 서울대 측의 석사 학위 논문이 발표될 수 있는 공간을 마련했다. 독일 관념론 내지는 헤겔 철학에 관한 전문적 연구자가 드문 국내 철학계에서 뚜렷한 헤겔 철학의 흐름을 형성하는 데 『헤겔 연구』가 기여한 공로가 적지 않음에도 그것은 다음과 같은 결정적 한계를 지니고 있다.

첫째, 편집 자체의 측면 : 사실상 『헤겔 연구』는 창간호부터 3집에 이르기까지 L 선생의 독력에 의해 이루어졌다. 때문에 지적 성과물의 사회적 성격에도 불구하고 그것이 일개인의 기관지라는 인상을 벗어나기 어렵다. 이러한 사정은 필자 선정의 일정한 제약 및 아류적 성격을 강화하게 된다. 그간 헤겔 철학의 확산에 L 선생이 기여한 바가 적지 않지만, 헤겔 원전 번역 및 헤겔 연구지가 특정인에게 독점, 편중된 현상은 헤겔 철학의 장기적 발전에도 도움이 안 된다. 편집 주체의 편중은 편집 방향 및 이념에 있어서도 헤겔 철학에 대한 L 선생의 지나칠 정도의 사변적 해석을 통해 그대로 관철되고 있다.

둘째, 편집 방향 및 이념 : 헤겔 철학의 수용 및 해석 방향은 각국의 사회, 경제적 현실과 문화적, 사상적 전통에 따라 차이가 있을 수밖에 없다. 한국의 사회 성격과 제 모순에 대한 구체적 인식을 배제한 채 독일 철학의 학문적 기준으로 한국에서의 헤겔 철학의 내용을 규정할 수는 없다. 『헤겔 연구』지의 국제성을 기하려는 노력조차도 철저히 우리 현실의 제 모순 속에서 주체적으로 철학 하려는 노력을 통해 이루어지지 않으면 안 된다. 지금까지의 『헤겔 연구』지는 이러한 '주체적 철학함'이 편집 방향 및 내용을 통해서 볼 때 거의 제시되지 못했다. 그 단적인 예로 D. Henrich의 사변적 · 형이상학적 입장의 논문이 무비판적으로 세 차례나 번역, 게재된 사실에서 볼 수 있다.

셋째 발행 출판사 : 학술지가 매번 출판사를 달리해서 발간된다는 것은 그 학술지의 성격 및 품위에 비추어 볼 때 적지 않은 손상이 간다. 이 문제는 앞으로 헤겔학회의 이미지에 걸맞고 또한 지속적으로 거래할 수 있는 출판사를 확보해냄으로써 해결해야 할 것이다.

문건은 한국헤겔학회의 창립 현황에 대해 비교적 상세하게 기술하고 있다. 이러한 기록이 없었다고 한다면 그냥 과거로 묻혀 버릴 수 있었던 사건들이다. 내 기억으로는 김계숙 선생은 그 뒤로도 광주에서 열린 헤겔학회 심포지엄에도 참석하셨다.

앞서 지적한 연구회의 몇 가지 한계로 인한 정체성의 위기, 회원의 재생산 한계, 재정 및 연구 공간의 제약 등이 L 선생을 중심으로 한 새로운 편집진의 구성 문제와 관련해서 1986년 겨울부터 1987년 봄에 걸쳐 실질적으로 논의되면서 연구회는 헤겔학회로 전환된다. 학회로의 전환 문제에 대해 연구회 내부에 이견이 없었던 것은 아니지만 변화를 발전적으로 수용하자는 대체적인 동의하에 이른바 L 선생 체제의 공식적인 제도권 학회로서 1987년 4월 창립총회를 열었다. 창립총회는 적어도 외형상으로 볼 때는 성공작이었다. Y대 안의 장기원 기념관을 가득 메운 인파(250명가량)는 공식적 학회로 발돋움하려는 헤겔학회의 전도에 서광을 밝혀주는 듯했고, 미처 경황이 없어 초대하지도 못한 한국 철학계의 원로 김계숙 선생님이 노구를 이끌고 나오셔서 일제하 헤겔 사후 100주년(1931년) 기념식에 참여했던 경험을 카랑카랑한 목소리로 말씀하실 땐 단절된 50여 년의 헤겔 전통이 일거에 메워지는 듯한 감격이었으며, 그간 적지 않은 세월을 이 땅에 헤겔 철학을 뿌리내리기 위해 혼신의 노력을 기울여 왔던 L 선생이 회장에 피선된 직후 벅찬 감동으로 창립총회가 있기까지의 헤겔학회의 내력을 개인적 고충을 실어 이야기할 때 총회의 분위기는 절정을 이루었다.

게다가 전국적으로 교수급의 전문 연구자 30여 명을 포함한 50여 명의 회원 가입은 앞으로 학회가 제도권 내에서 튼튼하게 뿌리 내릴 수 있을 것처럼 보였다. 그러나 실상은 어떤가? 월례 발표회와 분과 모임은 교수들의 참여가 전혀 없는 상태에서 과거 연구회 Study Group

차원을 한치도 벗어나지 못한 채 고답적으로 진행되었으며 평의원회의 활동은 아무런 생산적 활동도 끌어내지 못한 채 유명무실하게 정지되었고 간사회는 따로따로 돌아가 최소한의 내부적 연대와 석·박사과정의 회원들에 대한 지도성도 담보해내지 못했다. 오히려 학회라는 외형상의 틀에 억지로 꿰맞추려는 형식에 대한 요구로 학회를 권위주의적이며 형식주의적으로 운영하여 아래로부터의 진보에 대한 욕구를 억제하고 자유로운 토론이 활성화되는 것조차 방해하기에 이르렀다. 왜 그랬는가? 사실상 이런 문제점들은 헤겔학회의 출발 당시부터 충분히 예견된 것이었으며, 학회 내부의 본질적 한계로서 붙박여 있었던 것이다.

첫째, 학회는 사적 인간관계에 기초한 친목 단체가 아니라 강한 이념적 동질성과 철학적 문제의식을 공유하고자 하는 연구자들이 모인 연구단체이다. 헤겔학회의 평의원회에 대한 반성은 학회 운영의 주체 및 구성원들이 어떠해야 하는가를 시사해줄 것이다. 개인적 친분관계라는 형식이 적어도 '사상 속에 포착한 그 시대'로서의 철학이라는 내용의 발전에 아무런 도움이 되지 못하며, 더욱이 이러한 형식과 내용의 모순으로 결집된 단체가 발전하지 못한다는 것은 필연적 귀결이다.

둘째, 이 점은 연구회의 본질적 한계의 연장이기도 한데, 전혀 사회·역사적 전망을 갖추지 못한 기존의 철학회와는 다르게 헤겔 철학 나아가서는 변증법 일반을 연구하고자 하는 헤겔학회가 한국 사회의 구체적 제 모순에 실천적·인식적 매개의 통로를 마련하지 못하고 있는 실정은 끊임없이 그 학회의 자기 존재의 정체성에 위기의식을 불러일으킨다는 것이다. 물론 이것은 우리 학회가 출발 당시부터 이념과 성격에 대한 구체적 논의를 회피한 채 애매한 '공식성'과 '구체성'의 허위의식으로 무장하려 한 비주체적 철학함의 태도에서 연유한 것이다. 이러한 허위의식은 사상(철학)의 수입처를 영·미 권에서 단순히 독일권으로 옮겨 놓는 데 지나지 않는 것으로, 사고의 종속적 구조를 한 치도 벗어나지 않으려는 태도이다. 그렇기 때문에 학회는 한국 사회의 제 모순을 매개로 하여 주체적으로 철학 하려는 오늘날의 실천적, 자주적, 창조적 철학함의 분위기에 전혀 부합하지 못한 것이다. 학회 내부의 토론이 활성화되지 못한 것도 대체로 이러한 정체성의 위기에서 연유한 것이다. 정치 조직이 정치 투쟁을 통해 단련되는 것처럼, 연구단체는 치열한 사상 투쟁을 통해 강화된다. 문제는 학회가 최소한의 논쟁의 실마리도 부여잡지 못했다는 데 있다.

셋째, 평의원회는 논외로 친다 해도 간사회 활동이 파행적으로 이루어져 내부의 인간적 신뢰감에 균열이 생기고 회원들에 대한 간사회의 지도성이 상실되었다. 학회가 조직적 차원의 지도성, 체계성, 방향성이 담보되지 못한 상태로 운영된 데는 앞서 지적했듯 이념의 추상성으로 인한 현실의 구체적 제모순에 매개될 수 있는 통로가 부재하다는 것이 보다 큰 원인을 이루고 있지만, 사적 인간관계에 기초한 개인 중심의 운영도 무시 못 할 내부적 원인으로 작용했다. 지난 1년간의 경험에 비추어 볼 때, 지나치게 개인성에 편중된 학회 운영은 다음과 같은 부정적 결과를 초래했다.

1) 개인(인물) 중심으로 편제된 학회는 학회 진화의 초기 단계에서 불가피하게 나타나는 현상이지만, 그것이 장기화할 경우 학회 발전의 족쇄로 작용할 수도 있다. 그것은 무엇보다도 회원들의 광범위한 자발성과 창의성을 발견하고 또 이런 것들에 기초하여 학회 운영에 관한 조직적, 체계적인 계획을 수립하기보다는 특정인의 좁은 세계관적 경험에 따른 주관주의적이며 권위주의적인 의지가 관철될 수 있는 공간만 열어 놓는다. 따라서 학회 운영의 주체와 객체가 완전히 분리되어, 전자는 과도한 수고와 노력에도 불구하고 별다른 성과를 보지 못하는 데서 쉽사리 지치고 또한 짜증 감만 더해가는 반면 후자는 학회 운영으로부터 철저히 소외되어 한낱 수동적 지위로 전락함으로써 최소한의 책임 의식도 갖지 않기에 이르렀다.

2) 이런 상태에서 학회 내에 개인주의, 사생활주의, 업적주의 등 쁘띠 부르주아적 허위의식이 팽배하게 된 것은 어쩌면 당연한 소치인지도 모를 일이다. 때문에 회원들 간의 굳건한 동지적 유대나 학회 행사의 원활한 수행을 위해 전체 의지를 앞세우기보다는 개인성과 개인 의지가 학회 운영의 중심에 놓이게 되었다.

3) 따라서 일의 역할 분담이나 그 일에 대한 책임 소재도 애매한 상

태로 적당히 넘겨 버리는 타성이 일반화되었으며, 또한 일에 대한 체계적 계획이 없는 상태에서 진행되었기 때문에 회원들이 지니고 있는 고유한 역량이 적절히 활용된다든지 적소에 배치되지 못했다. 이 점은 무엇보다도 올해 열린 학회의 공개 발표회를 준비해 오는 과정에서 여실히 드러났다.

4) 결국 이런 몇 가지 이유로 해서 학회 차원에서 누릴 수 있는 '공동 연구'라는 장점이 전혀 발휘되지 못했으며, 또한 그 성과물의 축적도 이루어지지 못했다. 연구회 시절부터 3년 반에 걸친 학회 운영을 통해서도 우리는 자료 정리나 헤겔 관계 해설서 편찬 등 최소한의 연구 성과물의 축적도 해내지 못한 채 그 모두를 개인적 수준으로만 되돌리고 말았다.

5) 끝으로 개인 중심의 학회 운영은 이미 지적했듯, 그것이 긍정적으로 발휘될 때는 강력한 지도성을 담보할 수 있는 반면, 부정적으로는 그 개인의 좁은 세계관적 경험이나 입장이 학회 발전의 강력한 족쇄로 작용할 수도 있다. 한국 사회의 변혁 운동 과정에서 지난 87년이 갖는 특별한 경험 속에서 학회의 올바른 방향성을 재정립하여 철학이 시대적 과제에 복무해야 한다는 회원들의 진보적 요구가 제대로 수렴되지 못함으로써, 학회는 일정 기간 방향을 상실한 채 표류하지 않을 수 없었다.

문건은 당시 헤겔학회의 소장 연구자들이 심각한 '정체성의 위기'에 시달렸음을 솔직히 고백하고 있다. 1980년대의 격동의 변혁 과정에서 철학 연구자로서 도대체 무엇을 하고 있는가, 말하자면 "이 궁핍한 시대에 도대체 철학은 무엇인가?"라는 자조적인 태도가 광범위하게 헤겔학회의 소장 연구자들에게 퍼져 있었다. 이런 위기는 철학이 변혁 운동에 적극 참여해야 함으로 시사하는 것이기도 하다.

1987년은 한국헤겔학회가 새롭게 출범한 해이면서도 주·객관적으로 끊임없이 정체성의 위기로 시달렸던 해이기도 하다. 이러한 위기 타개책의 일환으로써 87년 가을경에는 변증법의 연구 영역을 헤겔 이후로까지 개방하여 마르크스-레닌주의가 논의될 수 있는 일정한 공간이 확보되었다. 여기서 토론된 내용은 그 후 여러 가지 문제점을 안고 있었지만 몇몇 회원들의 헌신적인 노력을 통해 1988년 5월에 개최된 제1회 공개 발표회 석상에서 그나마 공동 연구의 성과물로서 내놓을 수 있었다.

다음에 있을 유사한 형태의 발표회에 시금석으로 삼기 위해 몇 가지 문제점을 지적해 본다면 첫째, 이 발표회는 내부적으로 축적되고 공유된 연구 성과가 시대적으로 요청되는 철학의 과제 및 역할에 조응하는 상태에서 이루어졌다기보다는 대외적으로 과시하기 위한 의례적 행사의 성격으로 인해 회원들의 광범위한 동의와 참여가 뒷받침되지 못했다. 이런 식의 행사는 발표자의 쁘띠적 허위의식을 조장할 뿐 아니라 그 성과도 항상 개인적 수준으로만 되돌려진다. 따라서 공식적 행사에 대한 준비도 철저하게 이루어지지 못하게 된다. 둘째, 진행상의 미숙으로 인해 토론의 분위기를 활성화하지 못했다. 발표자와 논평자와 사회자가 유기적으로 토론의 장 속에 결합하지 못함으로써 토론의 내용이 향후 발전의 계기로 고양되지 못했다. 셋째, 왜 도대체 지금 여기서hic et nunc 헤겔과 마르크스인가라는 문제의식이 부재함으로써 헤겔과 마르크스를 이 시대의 의미 연관 내지 실천 연관에 접맥시켜 주제화하기보다는 한낱 추상적인 보편성의 이론 수준으로 떨어뜨리게 되었다. 따라서 넷째, 실천, 모순, 노동 등 헤겔과 마르크스를 잇는 내적 연관으로서의 철학적 중핵이 전혀 외면적, 기계적으로 결합하여 제시됨으로써 학회 연구 수준의 적나라한 모습을 보여주었다. 이 모두는 앞으로의 발전을 위해서 진지한 반성의 시금석이 되어야 할 것이다. 대외적인 공식적 행사는 철저하게 준비하지 않으면 안 된다는 뼈저린 교훈이 되었다.

끝으로 반드시 지적하고 넘어가야 할 것은 1988년 6월 초에 한양대에서 열린 진보적인 학술단체의 연합 심포지엄 행사에서 헤겔학회가 소외됨으로써-참여하지 못함으로써- 변증법 연구단체가 갖추어야 할 최소한의 이론적 책무와 운동성까지 의문시됨으로써 더욱더 헤겔학회의 정체성에 대한 위기의식이 심화하였다. 이것을 계기로 회원 내부에서 헤겔학회의 방향성 및 객관적 위상에 대한 검토의 목소리가 높아지고 결집될 수 있었다.

문건은 지금까지의 현황과 위기 진단을 통해 문건은 헤겔학회가 앞으로 지향해야 할 목표를 전망하고 있다.

지금까지 연구회로부터 시작하여 3년 반에 걸친 학회의 경험을 비판적으로 검토해 보았다. 이러한 비판은 미래에 대한 합목적적 전망이라는 발전적 계기로 수렴될 때 그 의의가 있는 것이지 결코 미래의 발전을 저해하는 족쇄가 되어서는 안 된다. 따라서 지금까지 비판의 결과에 기초해볼 때, 앞으로 학회가 학술 운동 전체와의 연관성 속에서 본격적인 연구단체로 기능하기 위해서는 다음과 같은 몇 가지 주·객관적 차원의 정비를 단행하지 않으면 안 될 것이다.

먼저 학회 내부에 관련된 주관적 측면에서 살펴보자. 이것은 이념 및 방향성의 올바른 정립과 또한 그것을 구체화할 수 있는 기반으로서의 조직 강화라는 면과 관련된다.

첫째, 지난 몇 년간 악몽처럼 괴롭혔던 정체성의 위기, 즉 헤겔철학회의 객관적 위상과 방향 정립에 관해서는 회원들 내부의 광범위하고 치열한 논쟁을 통해 일정한 합의를 이루어냈다. 즉 '민족적·민중적 세계관에 복무하는 철학!' 물론 우리는 이러한 원칙적 대의大義가 학회 내부의 자생적 토론의 성과물이라고 자처하지는 않으며, 또한 그것이 학회에 참여하는 회원들 모두에게 공유되어 있는 것이라고 생각하지도 않는다. 그것은 오히려 학회 밖의 현실, 보다 구체적으로는 한국 사회의 변혁 운동의 지난한 경험 속에서 값비싼 대가를 치르고 얻어낸 귀중한 결론인 동시에 앞으로 운동의 방향을 담보해주는 궁극 목표이기도 하다.

지난 몇 년간의 경험에서 보듯 학회는 이러한 대의를 시행착오에 따른 끈질긴 내부적 진통을 거듭해오면서 마침내 자기 존립의 본질 규정으로서 매개시킨 것일 뿐이다. 실로 미네르바의 부엉이는 어둠이 이슥해서야만 나는 것인가? 그러나 대낮의 광명 속에서 혼미를 거듭하는 부엉이의 지혜란 한낱 조롱거리에 지나지 않는다. 부엉이가 날기 시작하는 어둠의 공간이야말로 실상은 대낮(현실)의 생생한 운동을 추수追隨하지 못하는 철학의 후진성·무기력성에 다름 아니며, 탈脫 사실post factum에 안주하려는 사변의 이데올로기적 장막에 다름 아니며, 보다 정확히는 소부르주아적 세계관에 매몰된 실천 본능의 허위의식의 아늑한 온상에 다름 아니다. 이제야말로 철학은 자신의 이름(philos-sophia : 지혜의 사랑) 속에 은폐되어 있는 이데올로기성·계급성에 대한 진지한 자기비판을 통해 현실을 불변적 소여태所與態로 간주하는 정관적·해석적 관점을 뛰어넘어 현실 변혁의 무기로서 기능하지 않으면 안 될 것이다. 헤겔학회는 참으로 긴 우회로를 거쳐 현실에 대한 이러한 변혁적 관점을 이끌어냈다.

둘째, 이 문건은 앞으로 철학이 갈 길을 분명히 제시하고 있다. 즉 '민족적·민중적 세계관에 복무하는 철학!'이 그것이다. 이런 입장에 선다면 과거의 아카데미 철학은 그 한계가 분명하다. "대낮의 광명 속에서 혼미를 거듭하는 부엉이의 지혜란 한낱 조소 거리에 지나지 않는다. 부엉이가 날기 시작하는 어둠의 공간이야말로 실상은 대낮(현실)의 생생한 운동을 추수하지 못하는 철학의 후진성·무기력성에 다름 아니며, 탈脫 사실post factum에 안주하려는 사변의 이데올로기적 장막에 다름 아니며, 보다 정확히는 소부르주아적 세계관에 매몰된 실천 본능의 허위 의식의 아늑한 온상에 다름 아니다. 이제야말로 철학은 자신의 이름 (philos-sophia : 지혜의 사랑) 속에 은폐되어 있는 이데올로기성·계급성에 대한 진지한 자기비판을 통해 현실을 불변적 소여태所與態로 간주하는 정관적·해석적 관점을 뛰어넘어 현실 변혁의 무기로서 기능하지 않으면 안 될 것이다."

셋째, 그렇다면 '민족적·민중적 세계관'에 복무한다는 것은 구체적으로 무엇을 의미하는가? 한국사회의 변혁 운동 과정에서 민족성과 민중성이 갖는 의미는 무엇인가? 그리고 여기서 규정되는 철학의 고유한 위상과 역할은 무엇인가? 우리는 이 자리에서 이러한 물음이 갖는 사태 연관을 총체적으로 기술할 수는 없다. 다만 그것은 모순적 관점에서 볼 때 민족 모순과 계급 모순의 통일적 해결의 전망을 제시하는 길이 아닌가 생각된다. 여기서 말하는 '민족적·민중적 세계관'에 복무하는 철학은 민족 모순과 계급 모순을 동시에 해결하는 실천 철학을 의미한다. 이미 사회철학연구실의 선배급 인사들이 〈시대와 철학〉을 창간할 때도 '생산자의 철학'과 '주체 철학'에 설 것을 분명히 한 바 있다. 이런 관점에 설 때 '지혜를 사랑한다'는 의미의 전통 철학이란 현실을 모르는 후진적이고 무기력한 철학이며, 사변에 머물러 있을 뿐이고, 자신들이 서 있는 계급을 망각한 소부르주아의 세계관일 뿐이라고 비판하는 것이다. 한 마디로 철학은 이제 시대와의 깊은 연관 속에서 한국 사회의 변혁 운동에 복무해야 한다.

사실상 민족적·민중적 세계관이라고 말했지만, 이 개념을 좀 더 발전시킨다면 '마르크스 레닌주의의 과학적 세계관'이고, 80년대 후반 들어 본격 유입되기 시작했던 주체사상을 적극 받아들이겠다는 것이나 다름없을 것이다. 이런 태도는 철학이 현실의 긴박한 압력에 굴복한 감이 없지 않다. '시대와 철학'이 '근원적 사유'라는 표현을 사용했듯, 철학은 어떤 경우든 현실을 반성하고 성찰할 수 있는 거리를 필요로 한다. 만약 이런 거리를 무시한 채 바로 무기로 사용하려 할 경우 한낱 이데올로기 수준으로 전락할 수가 있다. 철학이 변혁의 방향을 전망하고, 인간의 행복과 이상을 성찰하지 못한 채 한낱 이데올로기적 도구로 전락한다면 그 뒷감당을 어떻게 할 수 있단 말인가? 그런 의미에서 철학은 어떤 경우든 깊이 있게 성찰하고 통찰할 수 있는 매개의 거리를 요구하는 것이다. 이런 거리는 결코 사변으로 숨기 위한 방편이 아니고 현실을 무시하는 아카데미권 철학의 무지도 아니다.

　사실 당시의 소장 연구자들이 정체성의 위기와 피해의식을 공유하고 있었다는 것은 숨길 수 없다. 하지만 동시에 그런 상태를 극복할 수 있는 이론적 토대가 마련되지 못하다 보니 더 현실의 긴박한 위협을 감지했을지 모른다. 사실 1980년대 말에는 냉전이 균열을 일으키고 소비에트의 체제 실험도 실패라는 인식이 서구권에 광범위하게 퍼져 있었다. 이미 서구 마르크스주의는 마르크스 레닌의 '과학적 세계관'이 오히려 새로운 독재와 파쇼나 다름없다는 인식하에 정통 마르크스주의의 변혁을 모색하고 있었다. 프랑크푸르트학파의 '비판 이론'도 그중의 하나였고, 비판 이론 2세대인 하버마스의 '의사소통이론'은 변화된 상황에 따른 철학적 사유의 산물이었다. 그런데 한국의 마르크스주의자들은 이런 변화에 무지한 상태에서 여전히 마르크스 레닌주의의 과학적 세계관에 머물러 있었다. 물론 이런 상황이 오래 지속될 수 있었던 것은 아니다. 90년대로 넘어오면서 본격적으로 프랑스 철학을 위시한 포스트모더니즘이 유입되면서 침몰하는 마르크스 레닌주의의 거함 탈출이 본격화되었다. 그런 맥락에서 본다면 철학운동에 복무하고자 한 한국의 소장 실천 철학자들은 처음부터 번지수를 잘못 짚었다고 할 수 있겠다. 당시 나는 Y대 철학과에서 박사 과정을 밟고 있었다. 내가 P 선생과 나눈 이야기가 있었다.

"선생님, 현재 진행되고 있는 한국 사회의 변혁 운동을 어떻게 평가하십니까?"

"내 경험을 한 번 이야기해보죠. 해방이 되자 그동안 잠복해 있던 온갖 사상들이 여기저기 깃발을 들고 광장에 쏟아져 나왔지요. 어떤 사람은 미국식 자유주의가 좋다고 하고, 다른 이들은 레닌의 혁명과 사회주의 이론의 장점을 이야기하더군요. 한 마디로 온갖 이론들이 난무하니까 무엇이 옳고 무엇이 좋은지 알 수가 없었던 세상이었지요. 그러다가 6·25 사변이 터졌지요. 한동안 낮에는 국방군이 설쳐 댔고, 밤에는 인민군이 지배하던 세상이 한 참 지속된 적이 있지요. 그런데 따지고 보면 미국이나 소련 모두가 외국이 아닌가요? 우리가 원해서 전쟁을 한 것도 아니죠. 왜 우리가 그런 것들에 시달려야 하는지도 모르는 상태에서 부화뇌동을 한 것이지요."

선생의 말하는 의도를 어느 정도는 이해할 수가 있었다. 하지만 액면
그대로 내가 받아들일 수 있는 것은 아니다.

"선생님, 지금 한국 사회의 변혁을 위해 우리가 고민하고 있는 이론
들은 우리가 겪었던 현실 속에서 싹튼 이론이지요. 그렇기 때문에 세
월이 흐른다고 해서 이런 이론과 사상이 사라진다고 생각하지는 않습
니다."

"그거는 이 선생의 신념이니까 내가 뭐라 할 수 있는 건 아닙니다. 하
지만 과거의 경험에 비추어 볼 때 결국은 잠깐 밀려왔다가 다시 밀려가
는 유행이 될 수밖에 없을 겁니다."

결과적으로 P 선생의 판단이 옳았다. 우리가 내세웠던 '민족적, 민
중적 세계관'이나 '과학적 세계관'은 한국 사회의 특수한 현실에서 잠
시 요구되었지만, 그것이 우리 문제를 해결해줄 수는 없었다. 따지고
보면 그것 역시 전 시대의 실존주의나 분석철학의 운명과 별로 다르지
않았다.

우리의 자생적 이론의 틀이 없다 보니 그냥 무조건 마르크스 레닌주
의의 과학적 세계관에 의존한 것이 문제이다. 수입철학과 사대에 대한
비판을 하면서 우리 스스로 똑같은 행태를 보인 것이나 다름없다. 진정
으로 이러한 딜레마를 벗어나려고 한다면 우리 시대의 삶과 역사를 우
리의 머리로 사유하고 우리의 언어로 표현할 수 있어야 한다. 하지만
우리에게는 우리 자신의 삶과 역사에 대한 고민은 있었지만, 우리의 언

어와 우리의 사유는 없었던 것이다.

사회철학연구실과 한국헤겔학회 모두 철학이 '시대의 욕구'를 읽고 그에 부응해야 한다는 데 차이가 없었다. 당연히 흩어져서 이런 일을 하기 보다는 함께 힘을 합치는 것이 좋다는 의견이 양 단체의 내부에서 제기되었다. 특히 우원식의 경우는 두 단체 모두에 관여했기 때문에 두 단체를 잘 알고 있었다. 그가 중간에 오가면서 통합의 불길을 댕겼다. 여러 차례의 실무진 모임을 거치면서 마침내 두 단체는 서로의 깃발을 내리고 통합에 동의를 했다. 다만 헤겔학회의 경우는 L 선생과의 특수한 문제가 남아 있기 때문에 그대로 두고 대신 소장 연구자들이 빠져나가서 통합 대열에 참여하는 형태로 이루어졌다.

한국철학사상연구회

드디어 1989년 3월 25일 한국 방송 통신 대학교의 강당을 빌려 이 땅의 진보적인 소장 철학 연구자들의 열망을 결집한 철학 연구단체로서 '한국철학 사상연구회'(약칭 한철연)가 탄생했다. 그 전에 양 단체의 회원들이 함께 강촌으로 1박 2일 MT를 가서 서로 우의를 다지기도 했다. 합리적인 이성도 중요하지만, 서로 간에 감성적 동조와 결합도 중요했기 때문이다. 이 자리에서 통합 단체의 이름을 정하는 일 자체가 중요한 과제로 떠 올랐다. '사철연'의 이재창은 특별히 철학을 넘어선 '사상'을 강조했지만, 철학이라는 명칭을 철학 단체에서 뺄 수도 없었다. 그때 '헤겔학회'의 이국헌이 한국이란 제목하에 둘 다 집어넣자는 수정 제안을 했다. 그래서 탄생한 단체 이름이 '한국철학사상연구회'인 것이다. 이 창립 기념회에는 기존 한국 철학회나 철학 연구회의 원로 회원들이 축사도 하고 그 이후로도 직간접적으로 지원을 해주었다. 그만큼 소장 철학자들의 움직임에 기성 철학자들도 관심을 가졌고, 향후의 발전을 기대하기도 했다.

　한철연은 '창립 선언문'에서 밝히고 있듯, 현실 변혁의 시대에 철학이 적극 관심과 참여를 해야 한다는 입장을 분명히 했다. 하지만 어떤 시대이고 어떤 현실인지에 대해서는 하나의 통일된 의견을 천명하기가 쉽지 않았다. 창립 선언문에 "과학적 세계관을 확립하고 이를 확산·심화시킴으로써 한국 사회 발전에 이바지할 것"이라는 표현을 집어넣은 것은 분명히 한철연의 시대 인식이고 향후 전망을 담고 있었다. '과학적 세계관'은 명백히 마르크스-레닌주의의 세계관을 앞세운 것이지만 1980년 후반의 현실은 이런 세계관을 인정할 만큼 녹록하지는 않았다. 사실 마르크스 레닌주의는 서구에서는 1960년대 6·8 혁명을 거치면서 더 이상 유지하기 어려워졌다. 물론 한국이 서구의 현실을 그대로 따를 필요는 없다 해도, '과학적 세계관'의 시효가 끝나 간 것은 분명했다. 다만 한국은 해방 후 남북이 내전을 겪고 분단의 갈등이 심화된 상태에 있었던 특수한 사정을 무시할 수 없었다. 경제 발전을 최우선 가치로 내세운 박정희의 유신 독재가 무너졌지만 80년대 벽두에 광주사태라는 참혹한 경험을 겪었다. 이처럼 갈등과 모순이 중첩된 상태에서 민주화와 사회 변혁에 대한 요구가 커짐에 따라 서구의 자본주의 국가와 달리 마르크스 레닌주의의 호소력이 클 수밖에 없었다.

변화된 현실

1987년 선거에서 실패하면서 야권을 위시한 진보 진영은 책임 문제로 갈등을 더 키웠다. 하지만 보다 큰 갈등은 1989년 6월 천안문 광장에서 벌어진 인민들의 민주화 요구가 무참하게 군홧발로 짓이겨지고, 그해 11월에는 동서 냉전의 상징인 베를린 장벽이 무너지는 역사적 사건이 발생했다. 마오쩌둥이 죽고 나서 등장한 덩샤오핑이 개혁 개방을 표방하면서 중국 사회는 급격하게 변화했다. 인구 10억이 넘고 오랜 역사를 가지고 있었던 중국의 잠재적 능력도 컸지만, 개방을 표방하면서 중국의 근대화는 빠른 속도로 이루어졌다. 산업 생산력이 비약적으로 발전하고, 개인의 소유가 인정되고 확대되면서 중국은 일당 독재의 공산주의 국가를 유지하고 있지만 내용상으로는 준 자본주의 국가에 버금갈 만큼 사회의 각 분야에서 자본주의적 요소가 크게 등장했다. 그중에 가장 대표적인 문제가 도농 간의 격차와 빈부 간의 격차에 따른 불평등의 문제였다. 자본주의적 욕구는 날로 커지고 있는데 사회주의적 현실은 너무나 부족하고 문제가 많았다. 이런 문제가 심화될수록 공산당 체제에 대한 불만도 커질 수밖에 없었다. 게다가 1980년 중반을 넘기면서 소비에트 연방 하에 있었던 동구권에서 민주화의 바람이 도도하게 불고 있었다. 천안문 사태는 이런 배경하에서 자연발생적으로 일어난 민주화의 시위라고 할 수 있다. 이 시위의 직접적인 계기는 개방을 표방하던 후야오방의 사망이었다. 그의 사망 이후 천안문 광장에 등장한 시위대와 인민들이 합세하면서 대규모 시위로 발전하자 중국 공산당은 전 세계인들이 지켜보고 있음에도 불구하고 탱크를 앞세운 무력으로 진압했다. 천안문 사건을 보면서 나는 심각한 회의에 사로잡혔다. 그 당시 나와 오랫동안 함께 움직였던 후배와 이 문제를 가지고 논쟁을 했다.

"인민들의 자연스러운 자유와 민주주의에 대한 요구를 저렇게 탱크로 진압한다면 1980년도 광주에서 일어난 살육전하고 무슨 차이가 있을까? 말은 인민의 국가라고 하지만 파쇼 독재 국가랑 무슨 차이가 있을까?"

나의 질문은 도발적이고 직설적이었다. 하지만 나의 후배도 지지 않았다.

"그럼 그냥 손 놓고 있을 수 있나요? 무분별한 대중의 욕구가 멋대로 분출하면 누가 좋아할까요? 사회주의 국가를 둘러싼 서방국가들이 아닐까요? 중국은 19세기 초 서방국가의 침입을 받았던 '아편전쟁'을 다시 치르게 될 것이 너무나 뻔하지 않을까요?"

후배는 체제를 보호하지 않는다면 결국은 다시 서방국가에 종속되는 결과를 빚을 수밖에 없다고 강변하는 것이다.

나는 천안문 사태는 독재 국가의 전형적인 모습이라 보고, 후배는 중국적 현실의 차이를 강조하고 있다. 사실 이런 논쟁은 끝이 없고, 합의점을 찾기도 힘들다. 결국은 후배와 나의 정치적 입장의 차이만 확인했을 뿐이었다.

한번 일기 시작했던 동구권의 민주화 열기는 현실적으로 막을 수가 없었다. 이념으로서의 사회주의의 몰락이 거론됐지만, 마침내 그해 11월 9일 동서 냉전의 상징이었던 베를린 장벽이 무너지고 말았다. 이 사건은 현실적으로 간신히 유지되어왔던 사회주의 이념이 무너지고 있다는 것을 상징했다. 이제 사회주의는 역사에서 완벽하게 실패했다. 1991년에는 글라스노스트(개방)와 페레스트로이카(개혁)를 이끌던 고르바초프의 소비에트가 더 이상 내부의 모순을 감당하지 못한 채 붕괴하고 말았다. 1917년 레닌이 러시아에서 사회주의 혁명에 성공했는데, 단 74년 만에 그 혁명의 깃발을 본산지에서 내리게 된 것이다. 1992년 당시 미국무성 관리였던 일본계 학자 프란시스 후쿠야마는 『역사의 종말』이라는 책에서 공산주의가 자본주의와의 체제 경쟁에서 패배했음을 분명히 했다.

이렇게 안팎으로 사회주의가 무너지는 현실에서 새로 창립한 〈한철연〉이 '과학적 세계관'을 창립 선언문에 적시한 것은 아무리 좋게 보아도 현실감이 떨어진 것이라 하지 않을 수 없었다. 이로 인해 〈한철연〉의 향후 스탠스가 엉거주춤할 수밖에 없었다. 죽은 자식 불알 잡고 슬퍼할 수도 없고, 돈키호테의 낡은 창을 들고 돌진할 수도 없게 된 것이다. 왜 이런 괴리를 낳게 되었을까? 그것은 변혁을 요구하는 한국적 현실 앞에서 의욕만 앞세웠던 철학 연구자들의 섣부른 판단에 기인한 바가 컸다. 앞서 언급했듯 1987년 『시대와 철학』은 발간사에서 "1. 근원적 실천으로서의 철학, 2. 생산자적 철학, 3. 비판적 철학으로서, '분단'

과 '민중해방'의 문제를 철학적 과제로 제기하고 철학의 대중화를 수행하는, 현실 변혁의 무기로서 철학"의 역할을 분명히 했다. 분명 시대와 철학의 연관에 대한 그들의 인식은 올바른 방향은 잡고 있었지만, 이것을 바로 마르크스 레닌주의적 의미의 '과학적 세계관'으로 동치 시키기에는 문제가 없지 않았다. 철학자들이 급류처럼 밀어닥치는 현실의 요구에 대해 충분한 자기반성과 학습이 없는 상태에서 마음만 앞서다 보니 나타난 미숙한 대응이라 하지 않을 수 없다. 당시 이른바 진보를 표방한 젊은 철학자들에게는 오로지 마르크스 레닌주의의 '과학적 세계관'만이 부여잡을 수 있는 확고한 지주였던 것이다.

하지만 이러한 사상의 독주는 오래가지 못했다. 이념과 현실의 괴리는 어떤 형태로든 메꾸어지기 마련이다. 1980년대 후반부터는 영미권과 유럽에서 공부하고 돌아온 유학파들을 중심으로 포스트 모던 사상이 마르크스 레닌주의의 대안으로서 적극 유입되기 시작했다. 한 마디로 좌파로 통칭되는 운동권은 과거의 이념을 고수할 수도 없었고, 그렇다고 새로 들어온 온갖 포스트주의에 편승할 수도 없는 애매한 포지션에 처한 셈이다. 그나마 독일에서 비판 이론의 2세대인 하버마스로 학위를 받아온 학자들은 포스트모더니즘에 비판적인 하버마스의 이론에 기대서 새롭게 변화된 상황에서 여전히 변혁과 비판을 위한 탈출구를 모색하기 시작했다. 이들은 1997년 '사회철학연구회'(사철연으로 약칭)를 창립하면서 한국 사회는 더 이상 낡은 과거의 이념을 벗어나 새롭게 변하고 있는 한국 사회의 정확한 실상을 바탕으로 변혁을 모색해야 한다고 주장했다. 그들의 주장에 따르면 한국 사회의 1970년대는 '민족'이 운동의 이념이자 주체였고, 1980년대는 노동자·농민 등 '기층 민중'이 주체 역할을 했다. 하지만 1987년 광범위하게 등장한 이른바 넥타이 권으로 대변되는 '시민'이 변혁의 새로운 주체로 등장하고 있는 현실을 주목해야 한다고 주장했다. 이들은 과거처럼 분단 시대의 극복을 최우선 가치로 삼지 않고, 노동자·농민으로 대변되는 기층 민중의 생존권 투쟁이 전부라고 생각하지 않는다. 이들은 한국 자본주의의 성장과 함께 한국 사회의 욕구가 다양화되고 해결해야 할 문제도 다변화되고 있다고 본다. 아울러 변화된 사회적 욕구를 대변하기 위한 시민단체들이 새롭게 만들어지는 현상도 주목하지 않을 수 없다. 인텔리 전문가 집단이라 할 수 있는 '경제정의실천 시민연합'(경실련), 참여연대, 환경운동 단체 등 대부분이 이때 만들어졌다.

물론 이런 이념적인 문제를 일단 접어둔다면 한철연의 출범은 한국 철학계에서 상당한 의미를 가진 사건이었다. 거듭 말하지만 '한국헤겔학회'의 소장 연구자들과 서울대 '사회철학연구실'의 연구자들이 현실 변혁에 철학이 참여하기 위해 '한국철학사상연구회'(한철연)란 단체를 만든 것은 기존의 철학계의 지형도에 비추어 볼 때 상당히 의미 있는 사건이었다. 현실 문제와 거의 담을 쌓고 있었던 아카데미 철학계의 전통에서는 도저히 할 수 없는 일을 젊은 철학도들이 시도한 것이다. 한철연은 무엇보다 시대와 철학의 연관 속에서 현실 문제를 적극 철학 속으로 끌어들이려 했다.

한철연이 출범할 당시에는 헤겔이나 마르크스 등 현실 연관이 깊은 실천 철학에 관심 갖는 연구자들만 참여했지만, 점차로 동양철학 연구자들도 한철연의 한 축을 담당했다. 그리고 많지는 않아도 고대 철학이나 현대 프랑스 철학에 관심 갖는 연구자들도 참여했다. 이렇게 동서고금의 철학을 연구하는 연구자들이 하나의 단체 속에서 활동하는 일은 세계적으로도 드문 현상이다. 현대로 접어들수록 철학도 전문화 현상이 심해져서 분과가 다르면 거의 소통이 되지 않는 것은 세계적으로 공통 현상이다. 그런데 한철연 안에 공통의 세계관과 이념을 가지고 다양한 배경을 가진 연구자들이 참여한 것은 그것 자체만으로도 의미가 있다. 과거 사회철학연구실의 멤버들이 동독에서 나온 철학 사전을 번역할 때 동양철학과 한국철학 분야는 해당 분야의 전문가들이 관련 항목들을 집필했다. 이미 이때 상호 협력을 할 수 있는 초석을 만들었다고 할 수 있다.

또한 한철연은 대학의 기존 철학과들이 수요를 채울 수 없는 사회철학과 관련해 대중 교양 강좌를 개설했다. 이를 통해 새로운 연구 인력들을 충원할 수 있었다. 이들은 한철연이 만든 교육 프로그램에 따라 수개월 동안 관련 분야에 대한 강의를 듣고 세미나도 하면서 연구자로서 본격적인 활동을 준비할 수 있었다. 이러한 대중 강좌는 하나의 모델 역할도 해서 철학 아카데미나 기타 인문학 공동체로 확산되기도 했다. 때문에 1990년대와 2000년대 철학을 위시한 인문학 붐을 형성하는 데 큰 역할을 했다고 할 수 있다. 한철연은 내부에 연구 분과와 교육

분과가 상호 협력해서 교육 프로그램을 운영했다.

한철연 안에서는 여러 가지 형태의 분과 활동이 이루어졌다. 사상사분과, 과학철학분과, 헤겔분과 등이 초창기에 만들어졌고, 연혁을 더해감에 따라 여성철학분과 등 세분화된 분과 활동이 탄력적으로 이루어졌다. 분과 참여는 전공에 상관없이 이루어졌기 때문에 동서 철학 간에 상호 교류와 소통이 이루어지는 데 큰 도움이 될 수 있었다. 한국 대학의 철학과들이 안고 있는 가장 큰 문제는 수많은 커리큘럼을 돌리면서도 상호 간에 교류와 소통이 없다는 데 있다. 철학을 특정 철학자 중심으로 공부를 하고, 논문도 그런 개별적인 철학자들에 관해 쓰기 때문에 철학자들 상호 간에 대화도 거의 없었다. 특정 철학자를 연구하면 마치 그것이 자신의 고유 영역인 듯 행세하는 것도 문제였다. 철학을 문제의식 중심으로 하지 않다 보니 생긴 병폐였다. 그런 면에서 한철연의 분과 모임은 아카데미 권에서 이루어졌던 특정 철학자 중심의 연구를 넘어서서 시대의 욕구에 부응할 수 있는 철학을 공동 연구의 차원에서 실현할 수 있는 좋은 물적 기반이라 할 수 있다. 이처럼 유리한 여건을 바탕으로 한철연에서 여러 가지 연구 성과물을 낼 수 있었다. 그전에 서울대 사회철학 연구실에서 동독 철학 사전을 번역한 것에 동양철학과 한국철학 항목들을 더해서 『철학대사전』을 출간한 경험이 있고, 한철연 자체적으로 『시대와 철학』 연구지를 정기적으로 발간하고 공동의 연구 성과들을 단행본으로 출간했다.

한국의 1980년대의 현실 및 이념 지형의 변화는 참으로 빠르고 컸다. 베를린 장벽이 무너지고 소비에트 공산주의 체제가 깃발을 내린 것은 한국의 80년대 한국 사회 변혁 운동에도 심각한 타격을 주었다. 광주사태를 경험한 재야 민주세력은 초기에는 추상적인 자유와 인권 등의 개념과 기독교와 같은 종교적인 정신에서 출발했다. 하지만 점차 운동이 격화되면서 본격적으로 마르크스 레닌주의의 세계관과 혁명론이 유입되기 시작했다. 70년대 후반에 서구 마르크스주의의 한 형태인 프랑크푸르트학파의 비판 이론이 소개된 적이 있었다. 이 이론은 정통 마르크스 레닌주의가 선진 자본주의 국가에 적용되기 어렵다는 판단에서 나온 이론이다. 서구에서 6·8 혁명을 거치면서는 더 이상 정통 마르크스 레닌주의나 마오이즘은 제3 세계권을 제외한 서구권에서는 효력을 잃었다. 그런데 한국 사회에서는 오히려 비판 이론의 창문을 통해 거꾸로 정통 마르크스 레닌주의가 점차 힘을 발휘하게 되었다. 이것은 유신독재와 광주사태를 경험하고, 냉전으로 인한 분단 시대와 초기 산업 국가에 진입하게 된 한국 사회의 특수한 사정에서 기인한 바가 크다.

이론 투쟁이 격렬하게 전개되는 과정에서 남미의 종속이론과 주변부 자본주의론, 식민지 반봉건주의와 신국가 독점 자본주의 그리고 주체사상 등 온갖 형태의 마르크스 레닌주의의 변형 이론들이 난무했다. 이들은 형태는 다르지만 한국 사회를 식민지 파쇼 독재 국가로 보고 이를 타도하는 것을 혁명의 제1 목표로 삼고 궁극에는 사회주의 혁명을 완수하는 것을 목적으로 삼고 있다. 1985년에 접어들면서 신한 민주당

(약칭 신민당)은 창당 한 달 만에 치러진 2·12 총선에서 일대 돌풍을 일으키면서 단숨에 제1야당으로 등극했다. 이 기세를 몰아서 신민당은 대통령 직선제 개헌을 요구하면서 광범위한 민주화 투쟁에 돌입했고, 대학의 운동권도 자민투와 민민투가 양대 진영을 형성하면서 가열찬 투쟁을 지속했다. 1986년에 들어와서는 '개헌을 위한 1천만 서명운동'에 돌입하고 그 열기를 전국으로 확산시켰다. 당시 재야민주화운동세력의 연합조직인 민주통일민중운동연합(약칭 민통련)은 신민당을 야합 집단으로 비난하고, 노동자, 학생 등 운동권에서는 5월 3일 인천에서 열리는 개헌추진 결성대회에 집중 참여한다고 결정한다.

　5월 3일 대회에는 자민투, 민민투를 비롯한 서울, 인천의 수십 개 대학의 학생운동 그룹과 서노련, 인노련, 인사는, 인기 노련, 인로 결, 민통련 등 노동, 사회, 기독교 계열의 다양한 운동권이 결집했으며 일반 시민들도 수만 명이 참가했다. 시위자들은 신민당은 재벌, 미제와 결탁한 기회주의 집단이라고 비난하기도 하고, 파쇼 타도와 삼민 헌법을 촉구하고 격려하는 등 각계각층에서 다양한 요구들이 쏟아졌다. 이 당시 뿌려진 문건을 보면 단순히 파쇼 타도를 넘어서 사회주의 혁명을 위한 구호가 자연스럽게 등장했다. 호헌 철폐와 직선제 개헌을 내세웠지만 궁극에는 사회주의 혁명을 완수하는 것이 최종 목표라 할 수 있다. 이러한 열기와 투쟁이 1987년 박종철이 고문치사를 당하고 이한열이 최루탄에 맞아 죽으면서 마침내 그해 겨울 대통령 선거까지 이끌어 낸 것이다. 하지만 이 선거는 앞서도 지적했듯, 야권의 분열로 인해 노태우가 등장할 수 있는 꽃길을 열어준 셈이 되고 말았다. 이후 야권의 분열은 노동자 대투쟁이 일어나도 제대로 지지 시위를 효과적으로 수행하지 못했다. 오히려 이제는 운동권 내에서도 시민운동 세력과 노동운동 세력 간의 차이가 부각 되면서 노선을 달리하게 되었다. 이런 상태에서 소비에트를 위시한 공산주의 체제의 붕괴는 운동권 내부에 혼란과 위기를 가중시켰다.

결혼

한철연 사무실은 봉천 사거리에서 사당역 방향으로 가는 길에 있었다. 나는 한철연이 만들어지던 해인 1989년 4월에 결혼했다. 아내는 연신내에 있는 모 종합병원에서 레지던트로 근무하던 친구 이상수가 소개를 해 주었다. 겨울이 막 끝나고 봄이 시작하던 날, 하루는 집에 있는데 그에게서 전화가 왔다.

"시우야. 빨리 좀 신촌으로 나와라."

"무슨 일인데 이렇게 갑자기 불러?"

"그냥 너한테 좋은 일이 하나 있어."

"내가 Y대 앞 D 다방에 있을 테니까 빨리 와라."

당시 나는 봉천동에 살고 있었기 때문에 Y대까지 가려면 족히 한 시간은 걸린다. 미리 연락을 주고 약속을 잡았으면 이렇게 서두르지 않아도 될 텐데라고 투덜거리면서 D 다방까지 갔다. 그런데 그곳에 묘령의 아가씨가 함께 자리하고 있었다.

"인사해라, 우리 병원 수술실 수간호사 차미옥 씨야."

나는 엉겹결에 인사를 했다.

"안녕하세요? 이시우입니다."

"예, 안녕하세요. 저는 차미옥입니다."

친구 이상수가 자기 직장 동료를 구슬려서 이 자리로 끌고 온 것 같다. 내가 나이 30이 되도록 장가를 못 가는 게 눈에 거슬렸나 보다. 그러니까 이 자리는 일종의 소개팅인 셈이다. 마침 저녁 시간도 되었기에 겸사겸사 근처의 술집으로 자리를 잡았다. 술집에는 학생들로 붐볐다. 차라리 처음에는 어색하게 조용한 분위기에 있는 것보다 이렇게 시끌벅적한 곳이 좋다. 당시 나는 술을 많이 마신 편이었고, 친구도 술을 잘했다. 그런데 함께 온 아가씨도 분위기 타지 않고 술을 잘했다. 그날 우리는 그렇게 한 잔 두 잔 주거니 받거니 하면서 술을 많이 마셨다. 일단 성격이 화끈한 게 마음에 들었다. 그 아가씨 역시 나를 싫어하는 눈치는 아니었다. 첫날은 그렇게 헤어졌다. 친구 이상수의 이야기로는 상대 여성이 나한테 호감을 느끼고 있으니까 계속 만나 보라는 것이다. 그렇게 우리는 만남을 이어갔다.

하루는 연대 동문, 이대 후문 쪽에서 만난 적이 있다. 이곳에는 분위기 좋은 카페와 음식점들이 많다. 그리고 이곳에서 연대의 청송대까지 올라가는 길은 예나 지금이나 여전히 아름답다. 도로 양쪽에는 아름드리나무가 있어 대학가의 데이트 코스로는 최고로 치던 곳이다. 우리는 그곳의 한 레스토랑에서 저녁을 먹고 천천히 청송대로 올라갔다. 5월에 활짝 핀 라일락이 아주 짙은 향기를 냈다. 꽃향기가 만든 분위기 탓인지 우리는 자연스럽게 포옹하면서 키스했다. 그녀가 발뒤꿈치를 들어 올리는 느낌이 들었다. 그렇게 짙은 키스를 하는 순간 세상이 다 내것이 되는 느낌이 들었다. 천천히 5월의 밤을 즐기다 보니 '아뿔싸' 시간이 그렇게 많이 간 줄 몰랐다. 이미 시간이 11시를 한참 넘겨 12시 가까워진 것이다. 마침 수중에 돈도 다 떨어져서 병원에 밤 근무하던 친구에게 도움을 청했다. 그가 급하게 마련해준 돈으로 차편도 끊어진 그녀와 연대 앞 신촌의 한 모텔에서 꿈같은 하루를 보냈다.

그녀는 종합병원 수술실을 책임지고 있는 수간호사였다. 수술실은 늘 초긴장 속에서 보내고, 피를 많이 본다고 했다. 내가 엄청나게 싫어하고 무서워하는 것이 피를 보는 것인데 그녀는 아무렇지도 않게 이야기했다. 나는 피를 생명으로 생각했다. 이 피가 사람을 살릴 수도 있고, 이 피가 없으면 사람이 죽을 수도 있다. 그런 의미에서 피는 삶과 죽음과 맞닿아 있다고 생각했다. 삶과 죽음을 생각할 수 있다고 하면 우리가 서로 살아가는 공간과 일하는 공간이 차이가 크더라도 충분히 대화도 하고 서로 간에 공감할 수도 있다고 생각했다. 그녀를 만나면서 늘 우울한 느낌이 들었던 나의 인생도 서서히 밝아지는 것 같았다.

간호사라 교대 근무 시간이 다르고 일도 바쁘지만 그래도 우리는 틈나는 대로 만났다. 그녀의 직장이 있는 연신내 근처에서도 만났고, 내가 있는 Y대 앞 신촌에서도 만났다. 또 종로 5가 대학로에서도 만났고, 구기터널 앞 조용한 레스토랑에서도 만났다. 구기동의 한 레스토랑에서 함께 먹은 이탈리안 식 피자 맛은 지금도 잊히지 않는다. 주말에 시간이 될 때는 교외선을 타고 백마에 있는 멋진 카페 나들이도 했다. 그녀를 만나면 나는 늘 내가 하는 일과 철학에 관해 이야기했다. 그녀는 무엇보다 다소곳이 내 이야기를 잘 들어 주었다. 그녀와 나의 분야가 다르기 때문에 그녀가 나의 철학에 이의를 제기하거나 질문하는 경우는 드물었다. 나는 그녀의 태도가 마음에 들어 더 열심히 떠들었다.

1988년 여름 간신히 서너 학기 늦은 졸업을 하면서 석사모를 썼다. 그때 노란 바탕에 검은색 원들이 점으로 박힌 원피스를 입은 그녀가 축하의 꽃다발을 들고 왔다. 자연스럽게 부모님에게도 인사를 시켰다. 늘 나를 걱정하던 어머니가 특히 그녀를 반겼다. 문과대 앞과 법대 앞에서 사진을 찍었고, 언더우드 상 근처에서도 사진을 찍었다. 가족사진도 함께 찍은 다음 세검정 쪽으로 나가 함께 점심을 들었다. 부모님이 그녀에게 이것저것 물어보았다. 고향은 어디고, 부모는 어떠하신지, 형제 가족들은 얼마나 되는지 그냥 평범한 이야기를 물었다. 그녀도 처음 본 나의 부모를 어려워하지 않고 친근하게 답변했다. 참 편안한 느낌이 들었다. 내가 지금까지 살아오면서 늘 어머니를 힘들게 했는데, 그날은 내가 어머니에게 힘을 돋아주는 느낌이 들었다. 어머니는 자나 깨나 내가 사람 구실을 할 수 있을까라고 걱정이 많았다. 그런데 이렇게 장차 결혼할 처자를 데리고 졸업식까지 하고 있으니 당신의 눈에 얼마나 다행으로 보였는가, 이제 저놈도 제대로 사람 구실 하면서 살아갈 수 있겠다고 생각하니 당신의 기분이 얼마나 좋았을까? 참으로 엄마한테 효도하는 느낌이 들었다.

친구들도 내가 그녀와 만나는 것을 좋아했다. 특히 소개해주었던 상수가 좋아했고, 후배인 권홍일이나 김명식도 좋아했고, 친구 김만수도 좋아했다. 우리는 함께 만나 술도 마셨다. 그런데 걱정거리가 하나 있었다. 당시 나는 결핵을 앓고 있었고, 세브란스의 내과에서 치료를 받고 있었다. 그런데 이런 상태로 그녀와 키스를 하는 것이 상당히 조심스러웠다. 하루는 진료를 받던 의사에게 물었다.

"선생님, 제가 지금 결혼을 약속한 처자와 만나고 있습니다. 그런데요. 솔직히 말씀드릴게요. 그녀와 키스해도 되나요?"

나의 처지에서는 아주 절박한 물음이었다. 안 할 수도 없고, 할 수도 없는 딜레마 상태로 생각되었기 때문이었다. 결핵은 1년 넘게 약을 먹어야 하고 매달 정기적으로 X-Ray 사진도 찍고 진료도 받아야 했다. 당시는 이미 6개월 정도 치료받고 있었던 상태였다. 담당 의사가 웃으면서 말했다.

"아, 너무 걱정하지 말아요. 지금 상태로는 얼마든지 할 수 있어요."

의사의 말에 뛸 듯이 기뻤다.

당시 그녀도 나의 몸 상태를 알고 있었다. 병원에서 근무하기 때문에 그런 문제를 누구보다 잘 알고 있었기 때문에 나의 상태를 알고서도 별로 놀라지 않았다. 오히려 나의 건강 상태에 대해 나 이상으로 배려해 주었다. 예나 지금이나 지겨워할 만큼 나를 챙겨주고 있다.

그녀를 만나면서 나는 오랫동안 만나 왔지만 결코 만날 수 없었던 정미정에 대한 기억도 씻어 버릴 수 있었다. 미정과 나는 우여곡절이 너무 많았다. 한때 내가 순정을 바쳤지만 큐피드의 화살은 늘 빗나갔다. 나는 친구들 만나는 술자리에 그녀를 자주 불렀다. 그런데 이 자리에서 사달이 났다. 용제관에서 함께 방을 쓰던 친구는 대학 시절 내내 친하게 지냈고, 수십 년이 지난 지금도 마찬가지이다. 그런데 하루는 이 친구가 나한테 조용히 할 말이 있다고 했다.

"시우야. 절대 오해는 하지 마라."

"아니, 무슨 말인데 그러냐? 너와 나 사이에 오해가 생길 일이 뭐가 있겠냐?"

내 말을 듣더니 그가 책 봉투 하나를 꺼냈다. 나 보고 그 안에 있는 내용물을 확인하라고 했다.

"이게 뭔가?"

안을 열어 보니 편지들이 여러 통 들어 있었다. 그 편지들을 읽어보는 순간 내 얼굴이 일그러졌다. 그때 친구가 말했다.

"정미정이란 아가씨가 나한테 보낸 편지야. 나는 처음에는 장난으로 하는 줄 알았어. 그런데 이렇게 자꾸 일방적으로 편지를 보내서 마음이 불편했다."

미정이 나를 제쳐두고 내 친구에게 구애한 것이다. 어떻게 나와 가장 친한 친구 중의 한 사람인 그에게 이런 행동을 할 수 있을까? 나는 한편으로 어이가 없기도 했지만, 다른 한편으로 분노도 일어났다. 그날 말없이 그 편지 꾸러미들을 들고 집으로 왔다. 그걸 한 장 한 장 들추어 보면서 머리에 피가 거꾸로 솟는 느낌이 들었다. 완전히 믿었던 그녀에게 배신을 당한 것이다. 친구 자신이 나에 대한 의리 때문에 괴로워서 밝히지 않았더라면 내가 전혀 짐작도 못 했을 것이다. 그날부터 며칠 밤낮을 분노를 삭여야 했다. 그렇게 지내다가 도저히 참기 어려워 술을 마시러 밖으로 나섰다. 그런데 마침 교회로 올라가던 그녀와 만났다. 나는 다짜고짜 그녀의 손목을 잡고 근처의 술집으로 이끌었다. 그곳에서 혼자 울분을 터트렸다.

"미정아, 도대체 네가 어떻게 그럴 수가 있냐? 어떻게 나를 배신하고 내 친구에게 꼬리를 칠 수가 있냐? 네가 믿는 하나님이 그렇게 시키던?"

그녀도 할 말을 잊은 듯 묵묵부답으로 앉아 있었다. 나는 벌컥벌컥 소주잔을 입에 밀어 넣었다. 며칠 동안 수염도 깎지 않은 나의 모습을 다른 이가 보았다면 어디 산에서 내려온 사람이라고 할 수도 있었을 것이다. 내 입에서 드디어 육두문자가 나오기 시작했다.

"야, 이년아. 네가 도대체 사람이냐? 내가 너를 그동안 어떻게 생각했는지 누구보다 더 잘 알지 않냐?"

나에게 욕설이 나오자 그녀는 어쩔 줄을 몰라 했다. 그때 나는 분노로 살기를 느꼈다. 앞에 있는 포크로 그녀를 찌를 것만 같았다.

"꺼져, 내가 다시는 너를 보지 않겠다."

그녀가 울면서 술집 밖으로 뛰쳐나갔다.

나도 바로 나왔다. 바깥은 한겨울 추운 날씨였다. 나는 더 이상 살고 싶지 않다고 생각했다. 치욕이라는 느낌이 가슴 가득했다. 무작정 시내로 나가는 버스를 탔다. 버스 안은 별로 사람이 없었다. 버스가 한강 다리 직전 노량진에 섰을 때 나도 내렸다. 나는 천천히 한강 다리를 향해 걸었다. 그냥 다리 밑으로 빠져 죽겠다고 생각했다. 겨울바람이 차갑게 뺨을 때렸다. 찬 바람이 정신을 번쩍 들게 했다.

"아니, 내가 잘못한 것도 아닌데 왜 내가 죽어?"

그런 생각이 들자 죽겠다는 마음이 누그러졌다. 그래서 다시 버스를 타고 집으로 돌아왔다. 그 이후 그녀에 대한 내 생각은 180도로 바뀌었다. 그녀는 나에게 천사가 아니라 악마였다. 그 사건 이후로 미안해하던 그녀는 나에게 잘못을 빌었지만 나는 조금도 용서할 마음이 들지 않았다. 그 이후 몇 년 동안 그녀는 나의 술집 뒷수발을 들었다. 나는 그녀를 쓰레기통 취급했고, 그녀 역시 고스란히 그런 수모를 받아들였다.

하루는 그녀가 나를 보자고 했다. 나에게 할 말이 있다고 했다. 우리는 동네 근처의 다방에서 만났다. 늘 술집에서 밤늦게 보다가 이렇게 낮에 보니까 얼굴이 달라 보였다. 그냥 이런저런 시답지 않은 이야기를 한참 나눴다. 그러더니 그녀가 진지한 표정을 지으면서 말을 했다.

"저 며칠 후 결혼해요."

어느 정도 예상했었다. 그녀가 회사의 상사를 좋아한다는 이야기를 다른 이를 통해 들은 적이 있었다.

"그래? 그럼 잘됐네. 잘 가."

그것으로 끝이었다. 그녀와 무려 7년을 만났고 여러 가지 우여곡절이 많았어도 우리는 결코 가까워지지 못했다. 그날 그녀와 헤어진 후 그녀와 단 한 번도 만난 적이 없었다. 내가 1990년대 중반쯤 그녀의 동기이고 나의 후배였던 박기호를 대덕의 모 연구원에서 만난 적이 있었다. 그는 대학을 졸업하자마자 이 연구원으로 내려와서 나중에는 연구원 원장이 되었다. 그와 둘이서 술을 마시다가 정미정 이야기가 나왔고, 그래서 내가 회사 일로 가지고 다니던 무전기만 한 휴대폰으로 통화를 한 적이 있었다. 그녀는 내가 살던 동네의 강 건너편 목동에 산다고 했다. 서울에 올라오면 꼭 한번 전화를 달라고 했다. 그 당시 나는 친구 도현수의 코엑스 사무실에 책상을 하나 두고서 일하고 있었다. 코엑스는 강변도로나 88 도로를 이용했다. 하루는 성산대교 근처의 공원에 차를 세워 놓고 물끄러미 한강을 보다가 그녀를 생각해냈다. 전화를 걸어볼까 한참을 만지작거리다가 그만두었다. 그녀는 그냥 그렇게 잊혔다.

그녀와 헤어진 지 거의 2년 만에 아내를 만난 것이다. 그녀와 다르게 아내와는 특별한 사건이나 기복이 없었다. 아내는 늘 병원 일에 바빠서 어쩌다 얼굴을 보면 싸울 일도 없었고, 시간도 없었다. 하루는 나의 문제로 그녀를 깜짝 놀라게 한 적이 있었다. 내가 그 당시 모 대학

신문사로부터 원고 청탁을 받은 적이 있었다. 철학 관련한 글이었다. 그런데 이 글이 전혀 써지지 않는 것이다. 예나 지금이나 나는 글을 쓴다는 생각보다는 글이 써진다는 생각이 크다. 발동이 걸리고, 운을 떼야 비로소 글을 쓰는데, 이번에는 전혀 감이 잡히지 않는 것이다. 청탁 마감일은 다가오는데 글이 진척이 가지 않으니까 참으로 괴로웠다. 밤새 끙끙거리면서 고민하다가 강릉으로 도망가야겠다고 생각했다. 핸드폰이 없는 시절이라 잠적하면 찾을 수 없던 시절이었다. 간단하게 여행 준비를 해서 아침 일찍 그녀가 있는 병원으로 찾아갔다. 그녀가 놀란 얼굴로 나왔다. 내가 자초지종을 설명한 다음 돈이 없으니까 여비 좀 챙겨 달라고 했다. 그런데 마침 그녀도 가진 돈이 없었다. 그러니까 그녀가 손가락에 끼고 있던 금반지를 내주면서 전당포에 맡기라고 했다. 선뜻 손가락에서 반지를 빼는 그녀의 마음씨가 고마웠고 미안했다. 나는 그 길로 반지를 전당포에 맡긴 다음 돈을 챙겨서 강릉으로 훌쩍 떠나 버렸다.

그런 그녀와 내가 헤어질 뻔한 적이 있었다. 그 당시 나는 만나면 술을 많이 마시고 담배도 많이 피웠다. 그녀는 나를 만날 때마다 머리가 아프다고 했는데, 그것이 주로 흡연 때문이었다. 술집에서 술을 마실 때 더 심했다. 좋은 일도 한두 번인데 만날 때마다 흡연으로 두통까지 심하게 앓다 보니 그녀가 짜증을 냈다. 예나 지금이나 나는 남의 충고를 별로 귀담아듣지 않았다. 그런 나의 벽창호 같은 모습에 그녀가 질린 것 같았다. 하루는 술을 마시면서 나의 나쁜 버릇들을 고치려 하지 않으면 자기도 나를 더 만나는 것에 대해 생각 좀 해보겠다고 말을 했다. 그렇게 별로 좋지 않은 상태로 술집을 나왔다. 서로 집으로 가는 방향이 달라 그 자리에서 헤어졌다. 다른 날 같았으면 함께 걷다가 헤어졌을 텐데 그날은 달랐다. 그런데 아내 말로는 내가 가다 말고 돌아서서 자기를 보는 모습이 너무 외로워 보였다고 했다. 그 모습을 보면서 자기가 도저히 발걸음을 뗄 수 없었다고 하지만, 사실 나는 거의 기억이 나지 않는다.

그녀와 결혼하겠다고 결심하고 양가 부모가 상견례를 하는 자리를 마련했다. 장인어른과 장모님은 두 분 다 이북 출신이다. 장모님은 고성이 고향이지만 학교는 원산의 루시 여고를 나왔다. 일본 강점기에 루시 여고는 서울의 이화여고와 맞먹을 만큼 명문이었다. 장모님은 이 학교에 다닌 것에 대해 대단한 프라이드를 가지셨다. 장인어른은 H대 미대를 나올 만큼 예인 기질이 있었고, 멋과 풍류를 아신 분이었다. 이북 출신인 두 분은 양구에서 군부대 납품 사업을 크게 벌인 적이 있었다. 그런데 장인어른이 친구와 화장품 사업을 한다고 했다가 다 말아 먹은 적이 있다. 그 이후로 장인어른은 일선에서 물러나 그냥 한량처럼 지내셨다. 아무튼 미아리 근처의 한 음식점에서 상견례를 하는데 그 자리에서 장모님이 엄마에게 가슴 아픈 말을 했다.

"몸도 불편한 자식을 이렇게 키우시느라 고생이 많았겠습니다."

장모가 의례적인지 아님 의도적인지 엄마의 아픈 곳을 건드린 것이다. 그러니까 엄마는 대단히 송구스러워하면서 손을 비볐다.

"그런 내 자식에게 귀한 딸을 주셔서 감사드립니다."

그 말을 듣자 화가 났다. 아니 왜 갑자기 그런 이야기를 한단 말인가? 그걸 몰라서 하는 말일까? 평생 자식의 다리 문제로 고생하면서 살아왔는데 또다시 이런 자리에 나와 엄마까지 도매금으로 넘겨서 당하는 느낌이 들었다. 그때 내가 자리에서 일어나 말했다.

"나, 이 결혼 안 해요. 그런 말 더는 듣고 싶지 않습니다."

내가 벌떡 일어나 자리를 박차고 나가려니까 그녀가 내 손목을 잡는다. 그때 장인어른이 걸걸한 목소리로 말씀하셨다.

"아드님이 훌륭해 보여요."

그러니까 장모님도 바로 안색을 바꾸면서 말씀하신다.

"아드님을 잘 키우셨다는 말을 하려고 했는데 말이 헛나왔나 봐요."

일촉즉발의 전쟁터가 다시 화기애애한 분위기로 바뀌었다.

나는 괜찮지만 평생 나를 고생하며 키웠던 엄마가 나로 인해 이런 자리에서도 그런 소리를 듣는 것을 도저히 참기 힘들었다. 아무튼 장모님도 그 말씀 때문에 두고두고 나에게 미안해하셨다.

결혼하고 우리는 삼송리 옆의 세수리에 방을 얻었다. 그 돈은 '문예출판사'의 전병석 대표가 번역 선수금으로 주었다. 삼송리나 세수리는 지금은 아파트 숲이 가득한 신도시로 바뀌었지만, 당시는 주변이 거의 논밭인 시골이나 다름없었다. 이곳에 방을 얻은 것은 아내의 근무처가 있는 연신내와 가까웠기 때문이다.

결혼하던 해에 나는 후배 권일홍이 조교로 있었던 강릉시의 K대로 출강했다. 이틀에 걸쳐 12시간을 강의하는 것이다. 월요일 새벽 6시 차를 타야 하므로 새벽에 5시 전에 일어나서 간단히 요기하고 반포에 있는 고속버스터미널까지 서둘러 가야 했다. 고속버스를 타면 횡성에서 한번 쉬어갈 뿐 계속 달렸다. 출발할 때는 새벽어둠이 가시지 않았지만 동쪽을 향해 달릴 때마다 해가 훤하게 솟아 올라갔다. 거의 10시쯤 돼서 강릉 시외버스 터미널에 도착할 때쯤에는 해가 중천에 떠올라 있다. 이곳에서 택시를 타면 K대까지는 그리 멀지 않았다. 이곳에서 오전 강의를 한 다음 점심은 권일홍 군하고 교내 식당에서 식사했다. 내가 출강을 할 때는 아직 건물을 제대로 짓지 않아서 교수들도 학생들하고 뒤섞여 식사했다.

오후 시간까지 강의하고 나면 저녁 시간에는 철학과 교수 재직 중이던 서학용 교수가 따로 저녁 겸 술자리를 마련했다. 그런데 처음에는 재미로 쫓아다녔지만 새벽까지 이어지는 술자리를 버틸 재간이 없었다. 다음날 1교시 수업이라 체력적으로 많이 부담이 갔기 때문에 중간에 빠져나올 수밖에 없었다. 그렇게 술을 많이 마시던 서 교수도 나중에는 술자리에서 졸기도 했다. 술 앞에는 장사가 없다는 말이 거짓이 아니다.

강릉대에 출강하는 날이면 나는 후배 권일홍의 하숙집에서 잤다. 일홍과 나는 대학원 다닐 때 참 많이 어울려 다닐 만큼 친하게 지냈다. 그는 키는 작지만 목소리가 화통을 삶아 먹은 듯 우렁찼고, 머리도 비상했다. 우리는 서로 술을 좋아해서 거의 매일 같이 사람들을 부추겨서 술집으로 끌고 갔다. 그렇게 술을 많이 마시다가 강릉대 조교를 지낼 때 갑상선에 이상이 오는 병에 걸렸다. 눈이 퉁퉁 붓고 얼굴도 붓자 그는 한동안 말을 잃었다. 그렇게 말을 많이 하던 사람이 업무적인 일 외에는 거의 말을 하지 않았다. 그럼에도 그는 나와는 잘 지냈다. 강릉에는 현재 사립 K대 교수로 있는 이철우 부부도 살았다. 가끔 술을 먹고 부모와 함께 사는 그의 집에 가기도 했다. 이철우는 한국 철학계의 번역 귀재이다. 그가 그렇게 짧은 시간에 그렇게 많은 책을 번역하는 것을 보면 거의 머쉰Machine이라는 느낌마저 든다. 그는 일본에서 나온 헤겔이나 칸트 사전, 현상학 사전 등 철학 사전 5권을 혼자서 다 번역했고, 최근에는 세계 철학사 10권도 다 번역했다. 다른 사람은 평생을 번역해서 그 10분의 1도 하기 힘든 것을 꾸준히 혼자서 번역하는 모습을 보면 경이롭기까지 하다. 그는 대학은 Y대 철학과를 나왔지만 석박사는 K대에서 했다. 부인도 철학을 했는데, 그 대학에서 만났다. 그리고 강릉대 조교로 있던 박재성 부부도 있었다. 이 친구도 사람이 좋아서 강릉에 출강할 때 신세를 많이 졌다. 우리는 술만 마신 것이 아니라 철학 이야기도 많이 했다.

우리는 가끔 식사도 같이하면서 어울렸다. 그때 선교장에 쌀점을 아주 잘 보는 할머니가 있어서 함께 점을 보러 간 적이 있다. 권 모 군은 이미 여러 번 보러 간 적이 있고, K대 교수들도 상당수 선교장을 찾았다. 이 할머니는 특이하게 쌀점을 보는데 그때 나누는 대화를 가만히 들어보면 완전히 해석학적 대화나 다름없다. 내 차례가 돼서 나도 쌀점을 봤다. 그런데 할머니가 나는 외국어를 기계를 가지고 번역하는 일을 한다고 단박에 알아맞혔다. 그 당시 나는 타이프 라이터를 가지고 번역을 많이 했었기 때문이다. 그리고 이미 태중에 아이가 있다는 이야기도 했다. 아내나 나는 전혀 모르는 일을 할머니의 쌀점이 맞힌 것이다. 나는 별로 점을 신뢰하지도 않고 보지도 않는데 이 할머니의 쌀점은 두고 두고 잊히지 않았다.

한번은 아내가 아이를 갖고서 감기에 걸린 적이 있었다. 다소 심하게 기침을 하는데 아이가 있는 상태에서 감기약을 먹을 수가 없었다. 그래서 내가 책을 뒤져서 민간요법을 써봤다. 마늘 한 접과 꿀을 준비한 다음 마늘을 까서 꿀을 섞은 다음 2~3시간 정도 뜨거운 불에 저었다. 그랬더니 멀건 마늘 죽이 생겼는데, 그것을 아내에게 먹인 것이다. 그런데 그 농도 짙은 마늘 죽을 먹은 아내가 한여름인데 너무 발바닥이 뜨거워서 잠을 제대로 못 잤다. 그렇게 밤새도록 시달리고 나니까 아침이 되면서 감기가 눈 녹듯이 사라진 것이다. 아내는 내 정성이 담겨서 그랬다고 칭찬은 했지만, 사실 돌이켜 보면 무모한 일 같기도 했다. 그 일이 있고 나서 얼마 뒤 집에서 낮잠을 자고 있는데 갑자기 "불이야!" 하는 소리에 깼다. 부엌 뒤로 열린 창문을 보니까 불길이 벌겋게 올라오고 있었다. 집뒤 텃밭 비닐하우스에서 불이 난 것이다. 나는 엉겁결에 부엌에 있던 호수를 갖고 창문에 매달려 불을 끄려고 했다. 창문 바로 밑에 LPG 가스통이 있다는 생각을 하고 그것이 터지면 큰불이 날 것 같은 생각이 들었기 때문이다. 다행히도 불길은 더 번지지 않았고, 가스통도 무사했다. 그때 우리가 세 들어 살던 집의 할머니는 삼신할머니가 태중의 딸을 보호한 것이라고 했다. 그때 그 말을 들어서인지 딸아이는 항상 어려울 때 주변 지인들의 도움을 많이 받고서 컸다.

결혼한 지 1년 만에 딸 아이가 태어났다. 그 사이 세수리에서 삼송리 언덕 위 집으로 이사를 왔다. 그 아이 이름을 한글로 짓기 위해 아내와 함께 교보문고에 가서 책들을 한참 뒤져서 '은빛 날개를 가진 새'라는 뜻을 가진 '은채'로 지었다. 하지만 딸은 태어나자마자 처형 집으로 보냈다. 아내가 직장을 다니고, 내가 강의를 다닌 탓에 집에서 키울 형편이 못됐다. 처형이 키워준다고 한 것이 천만다행이었다. 어렸을 적 이모가 키워준 탓인지 은채는 지금도 이모를 무척 따르고 있고, 이모 역시 딸처럼 은채를 생각한다. 6개월 정도 지났을 때 이모가 건강에 문제가 생겨 은채가 집에 돌아왔다. 돌아와서 첫 일 주일 동안은 내가 집에서 딸아이를 보았다. 그때 나는 아이를 키우는 것이 그렇게 힘든 줄을 몰랐다. 내가 할 수 있는 것은 될 수 있으면 아이를 재우고, 나는 다른 방으로 건너와서 내 일을 하는 것이다. 그런데 하루는 아이를 재우고 내 방에서 일을 보고 있는데 문밖에서 아이 우는 소리가 들렸다. 문을 열어 보니 아이가 안방에서 나와 문턱을 넘고 마당을 기어서 내 방의 방문 앞까지 온 것이다. 내 방에서 소리가 나니까 그렇게 온 것이다. 그러니 잠시라도 떨어져 있기가 힘들다. 잠을 자지 않는 한 아이는 가만히 있지 않는다. 끊임없이 움직이는 아이가 사고라도 칠까 봐 눈을 뗄 수가 없다. 그렇게 아이와 씨름하면서 나는 더는 아이를 볼 수 없다고 아내에게 선언했다.

"당신이 직장을 그만두고 은채를 키우지."

사실 이런 나의 선전포고는 공허한 말뿐이다. 아무런 대책도 없이 아내가 어떻게 직장을 그만둘 수 있을까? 아이는 당분간 집 근처에 있는 보모의 도움을 받고, 아내는 출근을 계속했다.

새벽차를 타고 강릉에 와서 첫날 6시간을 강의하고 밤늦게까지 술을 마시고, 다음 날 술이 덜 깬 상태로 6시간 강의를 마치면 몸이 초토화되는 느낌이다. 5시쯤 서울로 올라가는 버스를 타면 만사가 다 귀찮아 잠만 잔다. 그렇게 고속버스에서 매주 한 차례씩 2년을 다니다 보니 허리가 아프고 체력도 받쳐지지 않았다. 강릉으로 놀러 가는 것은 좋았지만, 일 때문에 다니는 것은 고역이었다. 결국 2년 강의를 마치고 후배에게 넘겨주었다. 다음으로 내가 출강한 곳은 교양학부에 최성 교수가 있었던 K대학이었다. 이 대학은 내가 Y대에서 신체검사로 낙방했을 때 후기로 입학한 적이 있었다. 그 당시 박정희가 "그 학생들 입학

시켜"라는 말만 없었다면 아마도 나는 이 대학 법대를 다니면서 열심히 고시 공부를 했을 것이고, 그러면 인생이 지금과는 많이 달라졌을지 모른다. 따지고 보면 이리 가는 인생과 저리 가는 인생의 차이는 완전히 우연이 아닌가라는 생각이 들었다. 이곳에서 강의할 때 K대 학보에 글도 게재하고, 최 교수와 좌담을 나누기도 했다.

내가 최성 교수를 만난 해는 아마도 1987년 경이었을 것이다. 경상남도 진주 출신인 그는 Y대 정외과 69학번으로 들어와서 다니다가 다시 시험을 봐서 철학과로 들어왔다. 졸업 후 헤겔 아르키브가 있는 독일 보쿰대에서 딜타이의 해석학에 관한 논문으로 학위를 마치고 귀국했다. 그는 늘 시커먼 선글라스를 끼고 있어서 외부에서 눈을 확인하기가 힘들었다. 다혈질인 그는 큰 목소리로 논쟁을 좋아했고, 머리가 비상한 데다가 공부도 많이 했다. 그의 연구실에 가면 사방 벽이 빼곡하게 영어와 독일어 원서들로 가득 차 있어 부러워하기도 했다. 박사 과정 들어갔을 때 그가 Y대 철학과에 출강한 수업을 들은 적이 있었다. 그는 당시 데카르트를 강의했는데 다른 누구의 강의와도 다르게 데카르트를 진정한 의미의 유물론적 접근을 통해 해석했다. 지금 그 내용은 기억이 나지 않지만 한 마디로 대단하다는 느낌을 받았다. 대학원 다니는 내내 그와 친하게 지냈다. 그도 나를 많이 아꼈다. 한철연을 창립할 때 그는 공동 대표를 맡았고, 『삶 사회 그리고 과학』도 공동 집필했다. 최 교수가 워낙 해박하다 보니까 S대 출신들이 당연히 자기들 동문으로 생각해서 인문대 몇 학번이냐고 묻더라고 해서 박장대소를 한 적이 있었다. 그가 나중에 충남의 H대 부총장까지 지낸 동기 김문환 교수와 논쟁을 할 때 옆자리에 있었던 서울의 H대 미대의 박지태 선생과 김지호와 나는 끼어들 틈도 주지 않을 만큼 격렬해서 깊은 인상을 받기도 했다. 한 번은 정초에 서대문 유진 상가에 살고 있던 최 교수의 집으로 철학과생들이 세배하러 간 적이 있었다. 그때 우리는 고스톱판에 열중하고 있었는데 때마침 함께 한 사회학자 선생이 민망해하면서 먼저 떠난 경험도 있었다. 당시도 신장이 좋지 않아 술은 못했지만 술 마신 사람 이상으로 쾌활하게 이야기했다. 한 번은 최성 선생과 권일홍, 그리고 내가 K대 서학용 교수를 만나러 가서 술을 진탕 마신 적이 있었다. 당시 아가씨 나오는 술집이었는데 일홍과 나는 술을 많이 마셨고, 최 교수는 우리 뒤치다꺼리하면서 팁만 내고 나온 적이 있었다. 그래도 전혀 개의치 않고 잘 어울렸다. 내가 나중에 학교를 떠나겠다고 하니까 그가 아주 강력하게 막은 적이 있었다. 그와 내가 한철연 활동이 뜸해지자 그는 사회 평론에 글을 많이 기고하고, 사회 활동도 많이 했다.

내가 대학을 떠난 한참 후에 내가 사는 아파트 단지로 그가 이사를 왔다는 이야기를 후배 심민철 군에게 들었다. 그의 몸이 상당히 좋지 않은 상태라고 했다. 그래서 단지 내 전화기로 통화만 했고, 찾아보지도 못했다. 그리고 나서 얼마 안 있다가 그가 신장병으로 죽었다는 이야기를 들었다. 한양대 병원으로 문상하러 가면서 참 아까운 사람이 먼저 갔다는 생각을 했다. 만일 그가 계속 살아 활동했다고 하면 한국의 사회 철학계의 지형도가 많이 달라졌을 것이라고 믿는다. 그가 죽은 후 1년 정도 지나서 그와 친하게 지내며 중앙일보 기자로 있었던 김창진이 그의 논문들을 모아서 유고집 출판 기념회를 열어주었다. 당연히 Y대 사람들이 해야 했던 일을 그가 대신해 준 것이다. 그에게 진정으로 고맙다는 이야기를 했다. 『이 땅에서 철학 하는 자의 변명』이라는 제목의 책에서 그는 당시 대학가를 휩쓴 '인문학의 위기'를 진단하면서 그것을 학부제나 신자유주의에 돌리는 태도를 비판하면서 인문학자들의 자성을 요구했다. 인문학자들이 관행에 너무 갇혀서 변화된 현실을 제대로 파악하지 못했고, 수요자들의 욕구를 채워주지 못한 것을 비판하면서 철학자들이 현실에 좀 더 뿌리를 내릴 것을 촉구했다. 이러한 비판과 상관없이 아카데미 권은 강고한 아우타르키 시스템을 갖추고 있어서 세상이 어떻게 돌아가든 상관이 없었다. 그가 오래전에 비판했던 이야기들은 20여 년이 지난 지금도 여전히 반복되고 있다. 한국 인문학계의 고질적인 병폐라고 하지 않을 수 없다.

그가 죽고 난 후 그의 많은 책은 Y대 도서관에 기증해서 나중에 그의 책들을 이용하면서 도움을 많이 받았다. 한 번은 Y대에서 강의하던 한 후배 학자가 도서관에서 이폴리트의 『헤겔의 정신현상학』 1권을 빌렸는데, 그 안에 내가 사인해서 증정한 표시가 있어서 인상적이었다고 말했다. 내가 그 안에 증정 사인을 하면서 당시 관용에 따라 조국 통일

결혼 193

몇몇 년이라고 썼었다. 나중에 들리는 말이 사실인지 확인을 못 해보았지만 그가 죽기 전에 만났던 후배 이야기로는 최 교수가 나와 권일홍을 많이 원망했다고 했다. 가장 친하게 지냈던 사람들이었는데 왜 원망했냐고 물으니까 우리 둘 때문에 Y대에 임용되지 못했다고 서운해했다고 한다. 내가 철학과 대학원 학생회장을 하면서 최 교수를 모셔오려고 했는데 오히려 역효과가 나서 기존의 교수들이 크게 반대를 한 적이 있었다. 아마도 그때 우리가 가만히 있었다고 한다면 Y대에 임용되었을지 모른다고 생각한 것이다. 하지만 이미 연대에는 진주고와 보쿰대를 먼저 다녔고, L 교수의 제자였던 P 교수가 있어서 그가 비집고 들어올 틈은 거의 없었을 것이다. 내가 대학을 떠나 있었을 때라 최 선생의 아픔을 제대로 공감하지 못했고, 함께 대화를 나누지 못한 것이 나에게도 무척 아쉽다.

내가 통일로 연변의 삼송리에 살 때다. 언덕 위의 야트막한 양옥집에 살 때는 비교적 행복한 시절이었다. 결혼한 후 이곳에서 은채를 낳았다. 은채 백일을 그 집에서 치렀는데 많은 선후배 동료들이 와서 축하해주었다. L 선생도 오시고 최성 선배도 오셨다. 한철연의 동료와 후배들도 여럿 와 주어서 화기애애하게 술을 마셨다. 아내가 근무하던 병원 쪽 사람들도 많이 와 주었다. 음식을 직접 만들고 고기를 굽는 냄새를 맡고 파리 떼들이 몰려들었지만 무사히 잔치를 잘 치렀다. 주인집의 할머니가 은채를 귀여워해 주고, 한동네에 사는 보모도 은채를 잘 돌봐주었다. 하루는 은채가 막 걸음마를 시작하면서 스스로 걷기에 만족과 기쁨을 느낄 때였다. 그 아이를 데리고 천천히 언덕 아래 슈퍼를 걸어갈 때이다. 이 아이가 내 손을 뿌리치고 뒤뚱거리면서 막 걸어가는 데 내가 따라잡기가 힘이 들었다. 아이는 언덕길에서 저도 주체 못 하며 뒤뚱거렸지만, 그래도 빠르게 걷는 걸음에 흥분을 한 것처럼 보였다. 아마도 아이는 목욕탕에서 오랫동안 고민하던 문제를 풀고서 '유레카'라고 외친 그리스의 철학자와 마찬가지의 경험을 느꼈을지 모른다. 간신히 동네 사람의 도움으로 아이를 잡았다. 그나마 시골 동네라 차가 별로 다니지 않아서 다행이었다. 그런데 이렇게 잘 지내던 집에 문제가 생겼다.

원당에서 살던 주인집 큰아들 내외가 삼송리 집으로 들어오겠다고 하는 바람에 우리가 살던 방 2개를 내줄 수밖에 없었다. 그리고 그 옆에 주인아저씨가 가건물을 지어 놓고 우리보고 살라고 했다. 집도 초라한 데다가 비가 오면 빗물이 새서 도저히 지낼 수가 없었다. 그래서 이사 갈 곳을 알아보다가 통일로 건너편 오금리로 이사 갔다. 그곳은 통일로 초입 길을 가다가 오른쪽 숲 사이로 난 언덕길을 넘어야 한다. 이곳은 숲이 우거져서 처음 오는 사람들은 이상하고 무섭다는 생각을 할 정도였다. 언덕길을 넘어서면 저 밑으로 개천이 흐르는 마을이 보였다. 맨 끝에 허름한 동네 가게가 있고, 개천을 따라 오른쪽으로 50여 미터쯤 가면 개천을 가로지르는 빨간 다리가 있고 그 건너편에는 배밭이 있었다. 4월쯤 되면 하얀 배꽃이 피어서 장관을 이루었다. 아이들은 그

빨간 다리 밑으로 흐르는 개울가로 들어가 물장구를 치기도 했다. 아이들이 놀기에 충분할 만큼 깨끗한 물이었다. 그 개울에는 오리들도 꽥꽥거리면서 함께 놀았다. 삼송리와 고개 하나 차이인데 이렇게 차이 날 수가 있을까라고 생각할 만큼 완전히 다른 동네였다. 빨간 다리를 우리는 '퐁네프의 연인들'에 나오는 '미라보의 다리'라고 불렀다. 그 다리 옆으로 50여 미터쯤 가면 왼편에 대문이 파랗고 마당이 아주 넓은 옛날 기와집이 있었다. 우리가 그 집을 처음 방문했을 때가 마침 여름이었는데, 마당 쪽으로 난 방과 큰 유리창이 아주 마음에 들어서 바로 계약을 맺었다. 여름에는 아주 시원해서 정말 살기가 좋았다. 하지만 겨울에는 보일러 난방이 부실해서 난방비도 많이 들고 춥기도 엄청 추웠다. 한번은 추운 겨울날 밖에서 일을 보고 집에 가려고 하니까 딸아이가 한 말이 있다.

"아빠, 우리 모텔 가자!"

그 어린 애가 얼마나 집이 추웠으면 그런 생각을 했을까? 여행할 때 가본 따뜻한 모텔이 아이에게도 사무쳤나 보다.

낡은 기와집이라 쥐가 엄청나게 끓어서 어떤 때는 이불 속으로까지 파고 들어와 질색한 적이 있었다. 부엌에 쥐덫을 몇 개씩 놓고 아침에 일어나 보면 여러 마리의 쥐가 잡히기도 했다. 생쥐들은 책꽂이에 꽂아 둔 책들 사이로도 드나들었다. 하지만 나는 쥐를 싫어할 뿐 아니라 무서워해서 덫에 잡아 놓고서도 처리하는 것을 난감하게 생각했다. 그러면 5살 먹은 딸아이가 그 덫들을 개울가로 들고 가서 쥐들을 수장시키곤 했다. 딸아이가 정말 겁이 없었다.

마당이 넓은 이 집에는 우리까지 포함해서 세 가구가 살았다. 한 집에는 홀로 사시는 할머니가 있었고, 다른 집에는 은채 보다 한 살 어린 아들과 20살을 갓 넘긴 딸이 있는 부부였다. 남자는 품팔이 노동자였고, 여자는 마음씨 좋은 전형적인 시골 아지매였다. 남률이라고 하는 사내아이는 은채랑 곧잘 어울렸다. 이 아이는 힘이 아주 세서 별명을 '돌쇠'라고 불렀다. 이 아이는 종종 넓은 마당에서 엉덩이를 까고 일을 보는데, 황금빛 누런 똥이 끊어지지 않은 상태로 길게 싸곤 했다. 참 튼실하다는 느낌이 드는 아이였다. 그들 부부는 이 집 마당에서 개를 키우다가 다 크면 그 개를 직접 잡아서 먹기도 했다. 나는 정색을 하면서 먹지 못했지만, 은채는 맛있다고 하면서 더 달라곤 했다. 고등학교를 갓 졸업한 딸 애가 컴퓨터에 호기심을 많이 가져서 내가 직접 용산까지 가서 컴퓨터 부품을 사다가 최신형 컴퓨터를 조립해주고 가르쳐 준 적이 있었다.

외출

처음 이사를 하였을 때는 마을버스도 없어서 그냥 걸어 다녔다. 그대로 이 집에서 『정신현상학』 스터디를 열심히 했는데, 당시 S대 미학과를 다니던 학생과 Y대 철학과의 이은정이 열심히 참석했다. Y대 철학과의 86학번인 이은정은 대학 다닐 때부터 친하게 지냈다. 그녀는 내가 이폴리트 2권을 번역할 때 원고를 정리해 주기도 했고, 헤겔학회나 기타 모임에서 세미나를 할 때 빠지지 않고 열심히 참석했다. 아마도 내가 주도한 세미나에 가장 많이 참석한 학생이라고 할 수 있다. 그녀는 헤겔의 『대논리학』을 주체의식의 관점에서 일찍 논문을 쓰고 졸업했다. 내가 2003년 후반기에 대학으로 복귀했을 때는 이미 수십 편의 논문을 써서 왕성한 학구열을 보여주었다. 한번은 '모 철학 연구회' 모임을 할 때 동양철학부의 R 교수와 이은정 박사, 그리고 내가 함께 이야기할 때였다. 그때 내가 이런 말을 한 적이 있다.

"이 박사는 학부 때부터 내가 키웠지요."

자세한 내막을 모르는 R 선생이 의아해했다.

"당신은 아직 박사 논문을 쓰지 않은 상태이고, 이 박사는 지금 필명을 날리고 있는데 말이 되나?"

그랬더니 옆에서 이은정 박사가 말을 거들었다.

"시우 선배가 키운 거 맞아요."

이 박사가 나의 기를 세워준 셈이었다.

내가 그 이후 논문을 쓸 때 이 박사가 자료들을 잘 구해줘서 도움을 많이 받았다. 내 말이라면 모든 것을 아낌없이 받아주는 이 박사의 신세를 참으로 많이 졌다. 고마운 사람이다. 철학과에서 오랫동안 인연을 끊지 않은 몇 안 되는 사람이다.

1993년 1학기쯤에 큰 어려움 없이 박사 종합시험을 통과했다. 이제는 논문만 쓰면 됐다. 그 당시 맥타가르트Mactagart가 헤겔 논리학에 관해 쓴 책을 『헤겔 변증법에 관한 쟁점들』이란 제목으로 고려원에서 출간했다. 이 출판사와 인연이 있었던 고동석 선배가 중간에서 알선해주었다. 이 책은 '고려원 사상 총서'로 올라갔다. 이 총서에는 Y대 철학과의 조성호가 고대 철학에 관한 좋은 책을 번역했고, 카이스트 교수로 있는 박창석 선배가 K. 포퍼의 책을 번역하기도 했다. 맥타가르트는 영국의 관념론을 주도했던 철학자로서, 나중에 럿셀은 이런 분위기를 비판하면서 자기 철학을 정립했다. 그의 책은 헤겔 논리학에 관한 도식적인 설명을 넘어서 수십 개의 질문을 통해 하나하나 논증하고 비판하면서 쓴 책이다. 이를테면 변증법이 존재의 논리인가 사유의 논리인가? 변증법은 운동의 논리라고 한다면 어떻게 학문의 방법이 될 수가 있는가 등등이다. 때문에 헤겔의 변증법을 비교적 다른 철학적 전통과 비교해서 볼 수 있어서 좋았다. 그 당시는 지금과 달라서 인세가 아니라 매절로 원고를 넘겼다. 이때 책 한 권 번역해서 넘기면 보통 200~300만 원 정도를 받았는데 지금 돈으로 환산하면 적지 않은 금액이었다. 지금은 번역을 해도 인세를 제대로 받기 힘들고, 책도 팔리지 않으니 참으로 '옛날이 좋았다'는 이야기가 절로 나온다.

　나는 이 책 말고도 동독의 철학자 Opitz가 쓴 『철학과 실천』Philosophie und Praxis을 철학 전문 출판사인 서광사에서 출간하기도 했다. 이 책은 본래 후배가 운영하던 출판사와 계약을 했지만, 그가 출판을 그만두었기 때문에 제대로 출판사를 찾지 못했었다. 그러다가 서광사의 김신일 사장의 도움으로 서광사에서 출판한 것이다. 그 당시는 1989년도에 장만한 AT 컴퓨터와 아래아 한글 1.0 버전을 가지고 번역을 했다. 번역을 많이 하다 보니 언어에 상관없이 하루에 독일어 원서를 15페이지 이상을 번역하기도 했다. 그냥 책을 보면서 두들기면 됐다. 1993년인가 한철연이 생계형 논술 사업을 할 때는 첨삭 작업도 열심히 했다. 상당히 귀찮은 작업이기는 했어도 경제적으로는 적지 않은 도움을 받았다. 하지만 1년여 되지 않아 그만두었다. 이렇게 시간 강사도 뛰고, 번역도 하고, 논술 첨삭도 하다 보니 정작 논문을 쓰기 위한 연구는 제대로 하지 못했다. 이 부분이 늘 마음에 걸렸고, 그런 잡일들을 하면서 자괴감마저 들었다. 이념적인 지주도 사라진 상태라 정신적 아노미 상태 비슷한 느낌마저 들었다. 90년대 초반을 지나 중반을 가면서 전반적으로 나의 삶이 무기력 상태에 빠져들어 갔다. 시간 강의는 국민대 말고도 연세대와 한성대에서도 했다. 하지만 낮은 강사료와 열악한 조건 등으로 점차 흥미를 잃어 갔다. 그 당시는 운전도 하지 못했기 때문에 강의 한 번 나가는 것이 보통 일이 아니었다. 그러다가 더 이상 이렇게 시간을 보낼 수 없다는 생각이 들었다. 내가 이런 일들을 하기 위해서 철학과에 들어온 것은 아니지 않은가?

대학원 시절 O 교수와 불편한 관계에 있었지만, 선생의 세미나에는 꾸준히 참석했다. 그중 시간론 세미나에 참석할 때 읽었던 한스 마이어호프의 『문학 속의 시간』Time in literature이라는 책에 깊은 인상을 받아 이 책을 번역했다. 이 책은 문학 속에 반영된 시간관을 추적한 것이다. 나는 처음 이 책을 번역해서 당시 김한용 사장이 운영하는 모 출판사에서 출판한 적이 있다. 그런데 이 출판사의 사정이 좋지 않아 번역료 대신 책으로 받은 적이 있다. 김 사장은 비즈니스를 하는 사람답지 않게 순하고 솔직한 사람이었다. 늘 겸연쩍은 미소를 짓던 그와 술을 많이 마시기도 했다. 북한산에서 살던 그는 나중에 이상한이 박사 논문을 쓸 때 거주할 방을 내주기도 했고, 그의 논문을 단행본으로 출판해주기도 했다. 내가 나중에 대학에 복귀했을 때 그의 소식을 알고 싶어 했지만 알 수가 없었다. 그런데 2014년경 화곡동의 지역아동센터에 다닐 때 그 옆 병원에서 죽었다는 소식을 들었다. 워낙 술을 좋아하다 보니 간경화로 고생했다고 한다. 얼마 떨어지지 않은 건물에서 투병 생활을 하고 있었지만 그것을 전혀 모르고 있었다는 사실이 두고두고 마음이 아팠다.

그때 참으로 한국을 떠나서 논문에만 집중하고 싶다는 생각이 들었다. 나는 L 선생의 도움을 받아서 독일 대학에 한 2년 정도 체류할 수 있는가를 문의했다. 그랬더니 한 20여 개 독일 대학에서 입학허가서 Zulassung를 보내 왔다. 그때부터 독일 유학을 위해서 하나하나 문제들을 정리하고 준비했다. 아내와도 충분히 상의했고, 아내는 나의 결정에 적극적으로 동의했다. 그리고 나는 신촌과 종로에서 독일어 회화 공부를 했다. 그런데 그렇게 준비를 하다가 부득이 중단할 수밖에 없었다. 독일에서 2년 동안 체류하려고 하면 최소한 천만 원 정도의 비용이 필요한데 당시 나에게는 그만한 돈이 없었다. 봉천동에 사는 둘째 형한테 도움을 구해 보았지만 그는 여러 가지 이유를 들어서 거절했다. 아내는 전세금이라도 빼서 가면 된다고 했다. 자기는 은채를 데리고 친정으로 들어가겠다고 했다. 하지만 차마 그렇게까지는 할 수 없었다. 내가 내 문제를 풀기 위해서 가족의 삶을 담보로 움직이는 것은 양심상 꺼려졌다. 게다가 이미 나빠진 청력이 더 급격하게 떨어지는 느낌을 받았다. 일단 외국에 나가면 사람들하고 의사소통이 필수적인데, 그 부분에서 결정적인 어려움에 부닥칠 것 같았다. 이런 몇 가지 결정적인 어려움 때문에 마침내 유학을 포기하기로 결정했다.

논문을 쓰기 위해 유학을 가겠다는 결정을 포기하게 되니까 더 이상 공부에 대한 의욕이 생기지 않았고, 논문도 의미가 없다는 생각이 들었다. 이제 학교를 떠나야겠다는 생각이 들었다. 또다시 지금까지 해 오던 일들을 포기하고 방향을 전환하게 되는 것이다. 내가 대학을 떠나겠다고 하니까 많은 사람이 나의 결정에 대해서 브레이크를 걸었다 특히 돌아가신 국민대학의 최성 교수는 내가 지금까지 쌓아 놓은 어떤 업적들이나 여러 가지 노력이 물거품이 될 수 있다고 생각하면서 말리고, 내가 고집을 꺾지 않자 굉장히 아쉬워하기도 했다. 아무튼 나는 지도 교수와 진로 문제 관련해서 아무런 상의도 하지 않고 나왔다. 당시 나는 컴퓨터 전시회를 구경 다니면서 코엑스에 있는 도현수의 사무실에 종종 드나들었다. 그한테 나의 사정 이야기를 하고 학교를 그만두겠다고 하니까 그는 오히려 흔쾌하게 반겼다 그 역시 K대에서 동양 철학 관련 석사 논문을 쓰고 나서 바로 사회로 들어온 경험이 있었기 때문에 나의 처지를 이해한다고 했다. 그래서 나는 코엑스 2층에 있었던 그의 사무실 한켠에 책상 하나를 마련해서 그쪽으로 출퇴근하게 되었다. 내가 대학을 들어온 해가 1976년인데 18년 만에 별다른 성과를 거두지 못하고 떠나게 된 것이다. 하지만 별로 아쉬움이나 미련은 없었다.

제1부 끝

그대에게 가는 먼 길 1부

초판인쇄 2025년 4월 3일
초판발행 2025년 4월 8일

지은이 | 이종철
펴낸이 | 서영애
펴낸곳 | 대양미디어

04559 서울시 중구 퇴계로45길 22-6(일호빌딩) 602호
전화 | (02)2276-0078
팩스 | (02)2267-7888

ISBN 979-11-6072-143-0 04810
        979-11-6072-142-3(세트)
값 15,000원